山下道代 著

歌枕新考

青簡舎

目　次

逢坂

京阪電鉄京津線

平成十九年（二〇〇七）の正月、所用あって近江の大津まで行くことがあった。京都からJR湖西線で二駅目、西大津でおりればよいことになっていたのだが、冬にしてはあたたかい昼さがりであったのと、手持ちの時間に充分な余裕があったのとで、ふと気が変ってひとつ手前の山科で下車、京阪電鉄京津線に乗りかえた。

湖西線だと、山科を出てすぐ長等山《ながらやま》トンネルに入り、それを出たところが西大津になる。しかし京津線ならば、山あいの小さな駅を三つ四つ通って、ゆっくりと浜大津に出られる。それに、この京津線の通るルートが、およそ、いにしえの逢坂越えの道なのである。

京阪電鉄京津線は、まことにやさしいたたずまいの電車である。むかしふうの鄙びた駅舎と小さなホーム。出入りする乗客の人影もほどほど。十分ばかり待つと、狭軌単線のレールの上を、四輛つなぎの小さな電車がゆっくりと入ってきた。

どこかむかしの路面電車のような乗りごこち。実際この電車は、大津市内に入ってからしばらく、車と同じ道を通った。駅と駅の間隔も短くて、きめこまかく人の生活のほとりを通ってゆく。日ごろの街中暮しで、轟音もろとも地下を運搬されてばかりいるような者にとっては、久しぶりに心なぐさむ乗り物であった。
四宮《しのみや》を過ぎて、追分あたりから山地にさしかかる。左手北側が逢坂山、右手南側が音羽山。とは言うものの、ほとんどひとつづきの山の尾根がわずかにくぼんでいるだけのような、浅くて狭い山峡である。両側にすぐ山地が迫り、そのわずかな谷あいを、この京津線と国道一号線とがくっつき合って通る。しかも現在は、名神高速道路までが高架でこれに併走しているのだ。このあたりの谷の現況から、千年むかしの逢坂越えの道のありさまを見てとるのは、かなり困難なことである。

しかし大谷駅を過ぎてからは、谷の表情が古色を帯びてきた。トンネルに入った高速道路とは、すでに別れている。山中上り勾配の線路。小さな電車は、ゆっくりと登る。古びた隧道があり、すぐにそれをくぐり抜けた。抜け出たところも山中で、左右に山地が迫る。その谷あいで電車は、ほとんど九十度の角度でもって左へカーヴした。山のありさまに従って行けば、そこでその形に曲るしかないのだ。しかもそこは、線路の上り勾配がピークに達する場所でもあるらしい。車輛は、人の歩みほどの進み方で、慎重に、そこを曲り、かつ登った。

たまたま私は、四輛連結の最前方車輛に乗っていたのだが、そのため、後続する車輛がこちらより遅れて、しかし確実にこちらと同じゆるやかさで、角度を変えながらせり上がってくるさまを、手にとるように見ることができた。

それは車輌の動きというよりも、なにか大きな生き物が、息を詰めながらじりじりとにじり上ってくる姿のようであった。いや生き物という以上に、鞏固な意志力そのもの、と言った方がより正確かもしれない。現下の局面を凌ぐためには、どこでどれだけの力を傾け、どこでどれだけの力を封じなければならないか、刻々にそれを測りつつせりあがってくるもの。それは状況を存分に読み切っているもののみが持つ隙のないうごきと見えた。これはいったいなんなのだ、こんなところでこんなしわざを見せるこれはなにものなのだと、思わずひき入れられて、こちらもまた息を詰めながら見守ったのであった。

山中峡谷のあやうい路線を通る鉄道車輌は、時としてこのように生き物めいた表情を見せることがある。けんめいに隘路を越えようとするものの貌、とでも言おうか。あのとき私が見た京津線車輌の表情も、逢坂という古道を越えようとしての、かれがひそかな刻励のかたちであったかと、いまではそう思っている。

そこからはなおしばらく山峡であったが、路線は下り坂となって車輌の動きは軽やかになった。狭い谷を通り抜け、それまでくっつき合うように並走してきた国道とも別れたのちには、前方視界が開けて大津の市街地に入る。

現在は、立ちならぶ家並のために、低い電車の窓からの見通しは利かないが、千年のむかしならば、このあたりで正面に平らな湖面が見えたはず。その湖岸一帯が「打出《うちで》の浜」と言われたところだ。打出の浜。その名には、深い山中を越えてきた者の、安堵の思いがこもっている。右手瀬田川の方にかけては膳所《ぜぜ》・粟津の原。左手はすこし湾入した湖岸の先に、唐崎の地が遠望されたはずである。そのゆるやかな湾のあたりが、いにしえの大津の湊であった。

電車は、市街地の路面上を、信号に停められなどしながらゆるゆると進み、最後に大きな建物の中にすべりこんで停った。それが京津線の終点、浜大津の駅であった。改札を出ながら道をたずねると、そのまま右へ行けば道路だ、という。なるほどそのまま行くと、高架通路の上に出た。

高架の通路なので、そこからは山も湖もよく見えた。このあたり、湖岸平地の幅はさほど広からず、およそ七、八〇〇メートルばかりであろうか。湖底からあがってきた陸地がほぼそのままの傾斜で山地へつづき、長等山・逢坂山・音羽山と峯を連ねた山並みは、意外なほど間近にあった。

そのかみ、近江から山城へ越えようとする旅人の眼に、逢坂山はまさしくこの近さで、この形に見えていたのだ。私はしばらくのあいだ、いま電車で通ってきたばかりの逢坂の谷のありかを、眼で探りつづけた。

逢坂を越える道

逢坂越えとは、逢坂山を越える道のことである。

琵琶湖の西岸には、比良山系の山々が南北に長く連なり、近江国と山城国とを境している。この山系は、北方比良山のあたりでは一〇〇〇メートルを超える高さだが、南へ下るほどに低くなり、比叡山で八五〇メートル、長等山では三五〇メートルである。逢坂山はさらに低くて三二五メートル、南の音羽山はまた六〇〇メートル近い高さになる。

つまりこの山系の峯々は、長等山・逢坂山のあたりがもっとも低い。しかもこの長等山・逢坂山は、その東側が近江の大津、西側が山科を経て京都、という立地である。西から東へ、あるいは東から西へと、山の両側を往来するには、逢坂山のあたりでこの山系を越えるのが、いちばん都合がいいのだ。

たとえば現在の湖西線は、長等山を貫通するトンネルで西大津に出る。東海道線は、逢坂山をトンネルでくぐり抜け、新幹線は音羽山トンネルをまっすぐに走り抜ける。地図を一見すればわかるとおり、南近江と京都を結ぶには、長等山・逢坂山のあたりを通るのが、直近最短のコースなのである。

もちろん古代の交通路に、トンネルという技術はない。人々はいずれの山を越えるときも、そこの地形の自然に従うよりほかなかった。地形の自然に従う。それはつまり、山あいにできていた谷筋をたどる、ということである。ここの場合は逢坂山南麓の谷。それは、逢坂山の山地がまたすぐに音羽山へとつづいてゆく狭隘な谷ではあったが、山越え道としてそれほど大きな迂回路ではない。むしろそこにその谷のあったことが、結果として南近江と京を結ぶ最短コースの確保につながった。谷筋の道のりは二キロ足らず、峠の標高は一六〇メートルばかり。登りくだりの坂もさほどに急峻なものではなかったはずである。

そもそも「逢坂」の名は、むかし武内宿禰が、神功皇后の命を受けて忍熊《おしくま》王を討ったとき、この坂で忍熊王の軍と出合い、これを撃ち破ったところから出たものである、と日本書紀には記されている。両軍が出合ったところだから逢坂、というこの話を、地名起源の説として全面的に信じるかどうかはともかくとして、この説話から窺い知られるのは、それほど遠い古代から、この谷筋は山の東と西をつなぐ通路になっていた、ということである。地形の自然に従って、はるかなむかしから、そこにはおのずから道が生まれていた。

和歌にかかわって言えば、すでに万葉集で「逢坂山」は、旅の道中の山として詠まれている。たとえば巻十三に、

あをによし　奈良山過ぎて　もののふの　宇治川わたり　をとめらに　相坂山に　手向

けくさ　ぬさとりおきて　わぎもこに　淡海《あふみ》の海の　沖つ波　来寄る浜辺を　くれくれと　ひとりぞわがくる　いもが目をほり

という長歌と、その反歌としての、

相坂をうちいでて見れば淡海の海しらゆふ花に波たちわたる

という短歌一首がある。

この歌の作者は不明だが、長歌を見れば、大和から奈良山を越え、宇治川をわたり、おそらくは山科を経て逢坂を越えているものと思われる。当時そうした道筋の交通路があったわけである。また、「相坂山に　手向けくさ　ぬさとりおきて」とあることによって、この旅人が逢坂山で手向け（峠）の神にぬさを手向け、旅の平安を祈ったことも知られる。さらに反歌で詠まれた情景からすれば、この歌はまさしく、逢坂の山を越えて打出の浜の見えるところまで出た地点で、詠まれているのである。

近江の逢坂山を「手向けの山」と詠んだ歌は、万葉集にはなお数例見出されるが、巻六の大伴坂上郎女の作に、

ゆふたたみ手向けの山をけふ越えていづれの野辺にいほりせむわれ

とあるのもそのひとつ。これは、作者が賀茂神社に参拝した旅の折、「相坂山」を越えて近江の海を望見したときの歌である、と詞書にあるから、やはり先の「相坂をうちいでて見れば」

の歌と、ほぼ同地点で詠まれているに相違ない。

このように万葉集のころの逢坂は、旅人たちが神に手向けしながら越えてゆく山越えの道であった。都が山城に定まるよりはるかな以前から、そこは畿内と畿外をつなぐ主要な交通路であったわけである。ただし万葉集では、「逢坂山」は詠まれていても、まだ「逢坂の関」は詠まれていない。

逢坂の関

律令時代に入り、国家の中央集権体制が整うにつれて、中央と地方を結ぶ道路網の整備は飛躍的に進んだ。都を中心として、五畿七道をつなぐ駅路が開かれ、いわゆる駅馬・伝馬の制も整えられた。

前項でとりあげた万葉集の歌からもわかるように、逢坂越えの道は、都が大和にあったころから、畿内要路のひとつであった。長く連なる山々が近江と山城を隔てているとき、逢坂越えはその山系を横断するための貴重なルートである。しかも道のりにして二キロばかり、さほど峻嶮な高低差もないとなれば、この山路の交通量は、早い時代から、決して少なくはなかったはずである。また山越え地点としての逢坂は、そのルート上の要所を扼するいわばゲートのようなところ。この地に関が設けられるようになったのは、きわめて当然のことである。

逢坂に関が創設されたのがいつであったか、史書にたしかな記録は残っていない。大化二年（六四六）大化改新の詔において、当時都のあった難波（長柄豊崎宮）から四方へ到る道の要地として、畿内東西南北の四至が示されている。これによれば畿内の北限は「狭狭波《ささなみ》の合坂山」であるという。「狭狭波の合坂山」とは、近江の逢坂山のこと。ここが畿内の北限とされたのだが、このとき「合坂山」に関が設けられていたかどうか、審らかでない。

下って桓武天皇の延暦十四年（七九五）、これは平安遷都の翌年のことになるが、日本紀略はこの年八月十五日条に、「廃近江国相坂剗」と記している。「剗」〔註〕とは、字義としては「削る」というような意味だが、ここに言う「相坂剗」とは、相坂（逢坂）に設けられていた関の前身のようなものと思われる。右の日本紀略の記事は、その「相坂剗」が廃されたと言っているのであって、ということは、この延暦十四年以前の逢坂には、関の前身らしき「剗」が存在していた、ということである。

関といえば、古くは、伊勢の鈴鹿、美濃の不破、越前の愛発《あらち》が「三関《さんげん》」とされていた。これは朝廷が近江にあったころの布陣であろうと言われている。のちに、越前の愛発が廃されて近江の逢坂がこれに代るようになったのは、都が山城へ移ったことと関連しているはずである。平安京の時代、すなわち都が山城に置かれると、都から東国へ、また東国から都へと移動する人や貨物は、どうしてもこの逢坂越えの道を通らなければならない。平安京にとってその道は、東海道・東山道へ通ずる大動脈であった。逢坂に関が存することの意味は、都が山城へ移ったことによって、格段に増したはずである。かくして平安時代における「三関」とは、鈴鹿・不破、そして逢坂をさすものとなった。

しかし、山城に都が定着し、王権も安定してみると、関というものの軍事的必要性は低下し、むしろ関のあることが交通の利便を妨げる、と考えられるようになった。このため桓武天皇は、延暦八年（七八九）に旧三関の停廃を命じている。先に述べた延暦十四年の「廃近江国相坂剗」の決定も、その流れの中での措置であった。これにより、関の出入りは自由になったもののようである。

ただし日本紀略によれば、嵯峨天皇の弘仁元年（八一〇）九月、いわゆる薬子の変によって「人心騒動」したとき、「伊勢近江美濃等三国府幷故関」に使を遣して鎮固せしめた、とある。ここに「故関」とあるのが逢坂の関のことである。また文徳実録にも、天安元年（八五七）四月、近江守紀今守の上請により、相坂・大石・龍花等三つの「関剗」の守りが固められた、とある。これらの例から推せば、桓武天皇による停廃措置以後も、逢坂の関は「故関」あるいは「関剗」という形で存続しており、有事の際あるいはその必要の認められたときには、関としての警備が固められていた、と見なければならない。言い添えておけば、三関の警固は、外敵の侵入に備えるというよりも、京域内で謀反を企てた者が東国へ奔るのを防ぐためになされるものであったという。謀反者が東国で勢いをつけて京師に攻めもどることを警戒したのである。三関が畿内国のすぐ外に置かれているのは、そのためだったと見られている。

その後も、鈴鹿・不破・逢坂の三つの関は、平安時代を通して「三関」と認識されつづけた。たとえば譲位、あるいは天皇・上皇・皇后の崩薨など、国家的「非常」に際しては、これら三関へ勅使がさし向けられ、一定期間関を閉ざすという警固が行われている。これを固関《こげん》といい、さし向けられる勅使を固関使という。軍事面での関の必要性は薄れても、中央集権国家にとって「非常」の時に関を固めることは、ゆるがせにするわけにいかない政治的パフォーマンスであったのだろう。この固関のしきたりは、次第に形式化しながらも、平安末期から中世のころまでつづいている。かくして逢坂は、長きにわたって三関のひとつでありつづけた。

では、平安時代に逢坂の関が置かれていた場所は、どこか。実は、これも正確にはわからない。『国史大辞典』（吉川弘文館）は、

関址は大津市逢坂一丁目に比定するが、未詳。

としており、『滋賀県の地名』（日本歴史地名大系　平凡社）も、

現在、京阪電鉄京津線大谷駅の東、国道一号の北側の逢坂山検問所脇に「逢坂山関址」碑が建つが、この地にあったという確証はない。

としている。言い添えておけば、『国史大辞典』が言う「逢坂二丁目に比定」の地と、『滋賀県の地名』が言う「『逢坂山関址』碑」のありかとは、同一の場所をさしている。それは逢坂越えの山中、峠のピーク地点。京津線で言えば、山科からのぼってきた電車が、大谷駅を出て、古い隧道に入ろうとするところである。

しかしまた『滋賀県の地名』は、さらに更級日記の記述や「関寺縁起」の描写のあり方に基づいて、逢坂の関は、

関寺境内西端にあったとする説が有力になっている。

とも記している。「関寺」とは、更級日記だけでなく栄花物語にも記され、のちには能「関寺小町」の舞台にもなってその名の知られる寺だが、本来それは、逢坂の関の近くにあったことにより、通称として「関寺」と呼びならわされてきた寺である。とすれば関寺のありかは、逢坂の関の所在を探るためのひとつの手がかりにはなり得よう。

やはり『滋賀県の地名』によれば、その関寺の故地は「現逢坂二丁目の長安寺の寺地付近とされる」とのことである。現在の長安寺は、京津線で言えば、大津市内上栄町駅のすぐ上、逢坂山の端山にあたる丘の南斜面にかかって建っている。その一帯がむかしの関寺の故地であるとするならば、「関寺境内西端」とは、現在の長安寺より幾分西寄りになろうか。むかしの逢坂の関のありかは、ほぼそのあたりではないか、というのが、『滋賀県の地名』の示唆する説

である。

そこは、京から東国へ向う旅人にとっては、逢坂の山中を越えて近江側へ下ってきたところ、逢坂山の東麓、というべき地点である。逆に近江側から京へ上る者にとっては、これよりいよいよ逢坂越えにさしかかる、という、いわば山中路への入り口にあたる場所だ。

この時代の逢坂の関は、ほとんど自由通行できていたようで、人馬や牛車などの通行量がかなりであったことは、たとえば蜻蛉日記石山詣の記述などからも、充分に窺われる。またそこには、「関剗」に付属する施設もあったであろう事を考慮すれば、山中峠上の「逢坂山関址」碑のあたりよりも、逢坂山を背に近江の湖を前にした現長安寺近辺の方が、立地に余裕があり、関としては適地ではなかったか、という気がする。少なくとも平安時代の逢坂の関のありかは、「関寺」と呼ばれた寺があったという逢坂山の東麓、すなわち現在の長安寺の近辺、と考えるのが妥当ではなかろうか。

なお、この逢坂越えの道は、律令時代以来幾度となく改修がくり返されているはずであり、ことによると小さなルート変更もあり得たかもしれない。従って、京津線と国道一号線の寄り添って通る現在の路が、そのまま千年むかしの逢坂越えの道と完全に一致するとは言いきれない。それに中世以降になると、逢坂山と長等山のあいだの谷に、「小関越え」というルートも開かれて、逢坂山の越え方は旧逢坂越えひとつだけ、という状況ではなくなってきている。逢坂の関のありかも、古代から近世まで全く同じところに同じようにあった、とは考えない方がいいかもしれない。

ただ、平安時代前期の逢坂越えには、やはり、この逢坂山南麓の谷を行くよりほか道がなかった。逢坂越え。当然そこは、畿内と畿外を限る境界の地である。「身をえうなきもの」に思いなしてあずまのかたへ下った業平も、若いころに甲斐国権少目《ごんのしょうさかん》として任地に下った躬恒も、この山を越え、この関を越えて、東へ向ったのだった。

また、幼いころ父に伴われて上総国から上洛してきた更級日記の作者も、同じくこの道をとって京をめざした。その上洛道中記の終りのところには、

ここらの国々を過ぎぬるに、駿河の清見が関と、逢坂の関とばかりはなかりけり。

と回想所感が記されている。上総から京まで、多くの国々を通ってきたが、駿河の清見が関と逢坂の関ほど印象に残ったところはなかった、というのである。清見と逢坂。どちらも関という特殊な場所なのだが、まだ十三歳であった少女のこころに、それほど強い記憶を刻みつけるようななにかを、この二つの関は持っていたようである。

註

「関」と「剗」について、木下良著『事典日本古代の道と駅』(吉川弘文館)には、次のようにある。

『令集解』によれば関は「検判之処」で、剗は「塹柵之処《ママ》」であった。また、三関は関と剗からなり、関を大関、剗を小関とも言った。関は通行者を取り締まる所で、剗は軍事的に守る地点であった。――（略）――鈴鹿関や不破関は主要交通路の交差点に位置しており、分岐するそれぞれの交通路に沿う要所には小関（剗）が設けられていた。
（六三～六四頁）

歌に詠まれた逢坂

古今集雑下に、次のような歌がある。

題しらず　　　　よみ人しらず

逢坂の嵐の風は寒けれどゆくへ知らねばわびつつぞ寝《ぬ》る

第三句「寒けれど」の逆接は、最後の「寝る」へかかるものとして読めば、歌意はわかりやすい。所は逢坂越えの山中、作者はおそらく流浪の旅人。逢坂の嵐の風は寒く吹きすさぶけれども、わたしはゆくえも知れぬ身であるからして、わびしい思いをしながらもここで寝るばかりだ、という歌。山中夜泊。吹きすさぶ風。だが、ゆくえ知れぬ身はここで寝るよりはかないと、景の寂寥にこころの寂寥を重ねて悲愁の思いが深い。

第四句「ゆくへ知らねば」は、万葉集でよく使われた言い方である。歌全体のたたずまいから見ても、古今集の中では古い時代に属する作のように思われる。古今集の古層における逢坂は、まずなによりもこのように、嵐の風の寒く吹きすさぶ寂しい旅寝の場所であった。

しかし、やがて歌が、人々の日常生活の中で伝達や社交の手段として詠まれる時代に入ると、「逢坂」の名は、やはり「逢ふ」の意味に色濃く染め上げられた地名として、人事的にはたらくようになる。たとえば、古今集離別部にある次の歌がそうである。

藤原惟岳が武蔵の介にまかりける時に、送りに、逢坂を越ゆとてよみける　　貫之

かつ越えて別れもゆくか逢坂は人だのめなる名にこそありけれ

「逢ふ坂」だとか言うそばから、こうして君が別れていくとはね、「逢坂」なんて、人をあてにさせるばかりで、その実まったく頼みにならぬ名だよなあ、と言っている。武蔵の国という遠隔の地に赴任する知人を、逢坂まで見送って別れるときに詠んだ歌。「逢ふ坂」で別れるのでは、その名に実が伴わないではないかと、地名を非難することによって、惜別のこころを詠んだものだ。いかにも都びとらしいもの言いよう、それに両者の親密さがよく窺い知られる歌である。

貫之にはまた、こんな歌もある。拾遺集から掲出する。

ものへまかりける人の送り、関山までし侍るとて　　貫之

別れゆくけふはまどひぬ逢坂は帰り来む日の名にこそありけれ

なにかの用があって旅に出る人を、関山まで見送って別れたときの歌。「関山」とは逢坂山のことである。関のある山だから「関山」。前に出てきた「関寺」と同様、関に因んだこの呼称には、いかにも逢坂の関を身近に知っている人々のことば、という感じがある。

歌が言っているのは、こういうことだ。あなたと別れるきょうは、なんだか頭が混乱してしまいますよ、「逢ふ坂」で別れるのですからね、でもきっと逢坂というのは、あなたが帰ってきてまた逢える日のための名なのでしょうね、と。これも、「逢ふ坂」で別れる、ということばの上での矛盾にからめて、なごりを惜しんだ送別の歌。単に「逢坂」の名を詮めるだけでなく、下句では逢う日を待っているとも言っているのであって、こうしたものの言い方は、貫之のいたく得意とするところであった。

当時の都びとにとって逢坂山より向こうは、もう「あづま」の国であった。東夷の国。畿外の後進地域。かれらは、親しい人が東国へ旅立つとき、逢坂まで見送って別れを惜しんだ。また親しい人が東国から帰ってくるときも、やはり逢坂まで出迎えて再会をよろこんだ。京より三里。京まで三里。たしかに逢坂は、送り迎えの場所としてほどのよい地点である。

ただしそこは、帰ってくる者やこれを迎える者にとっては、たしかに「逢ふ坂」なのだが、出立する者やこれを見送る者にとっては、かえって別れる坂である。それゆえ逢坂での送別歌は、しばしば右の貫之歌のように、「逢坂」という地名への非難、あるいは不審、という形で詠まれることになる。

古今集には、なおこんな歌もある。

逢坂にて、人を別れける時によめる　難波萬雄

逢坂の関しまさしきものならばあかず別るる君をとどめよ

逢坂の関がまことに「逢ふ坂」の関であるならば、なごりも尽きぬに別れゆく人を、どうかひき止めてくれ、と言っている。ここに詠まれているのは、単なる「逢坂」ではなくて「逢坂の関」。関は人を塞《せ》くところである。まして「逢ふ坂」の関だというのなら、別れゆく人を塞きとどめるのがほんとうではないかと、逢坂の関を擬人化してこれに訴えている。これも逢坂の「逢ふ」にこだわって、その名にふさわしからざる別離がそこにあることを歎いた歌だ。

実情としての逢坂は、行く人を送る別離の地であると同時に、帰り来る人を迎える再会の地でもあったはずなのだが、古今集のころの逢坂で詠まれた歌には、別離にかかわるものが多くて、なぜか再会を詠む歌は見出しにくい。やはり逢うよろこびよりも、別れるつらさの方が切実であったということか。それともまた、そのころの人々にとっては、逢坂という地名への非難や不満といった屈折した形の詠出の方が、「逢坂で逢ふ」という順直な表出よりも好まれた、ということなのだろうか。

かくして逢坂は、上り下りの人々が日々に行き交い、あまたの別れや逢いをくり返す地であった。ここに、そうした逢坂での人々の行き交いのありさまを眺めて詠んだ有名な一首がある。後撰集から掲出する。

逢坂の関に庵室をつくりて住み侍りけるに、行き交ふ人を見て　蟬丸

これやこの行くも帰るも別れつつ知るも知らぬも逢坂の関

周知のとおり、「百人一首」にもとられている歌だ。ただし「百人一首」では、第三句が「別れては」である。

作者蟬丸は、出自不明、伝不明の人。いろいろの言い伝えも残されているが、伝説化したそれらの話を、そのまま信じるわけにはいかない。ただ右の詞書にあるとおり、逢坂に庵を結んで住んでいたというのは、ほんとうのことのようである。現在、京阪電鉄京津線沿いの逢坂越え周辺には、「蟬丸」の名を冠する神社が、三社ある。

とまれ、蟬丸は、逢坂に住んだ。そのすみかの前を、世の人々は日々に行き交い、日々に通り過ぎる。庵のあるじは、日々眼の前にくりひろげられる人々の往来や離合のありさまを眺めていて、この一首を詠んだ。行く者、帰る者。相知る者、相知らぬ者。さまざまに別れ、また逢う。まことにこれこそが、逢坂の関というもののすがたなのだなあ、と。

「これやこの」と、初句いきなりの提示語。それも強く頭韻を踏んでの強い語調の出だしだ。三代集のころの歌で、初句五音をこのような強い提示語で出る例は、他に見出せない。次には「行くも帰るも」と、「も」の脚韻で重ねられた対語構造の七音があって、「別れつつ」で小休止する。下句は改めて「知るも知らぬも」と、先の第二句とまったく同じパターンの対語構造の七音があって、最後を「逢坂の関」とその関の名で詠み納める。この一首は、

これやこの
行くも帰るも　別れつつ
知るも知らぬも　逢坂の関

と三行書きの形にしてみれば、わかりやすい。第二句と第四句は、それ自体が同型の対語構造であるばかりでなく、右のように三行書きした場合の二行目と三行目を、対句のように見せる効果もあげている。さらになお第三句の「別れつつ」は、第五句「逢坂の関」へひびいて、「別れつつ逢ふ」と、ここにも対語的にはたらいているようなけはいがあるのだ。くり返しによって生まれるリズム感と、リズム感にばかりは流れないことば運びと。おもしろい構造を持つ一首である。

この歌において、初句「これやこの」の先に提示されているのは、「行くも帰るも、知るも知らぬも、別れつ逢ふ」という、世の人々のいとなみのかたちである。来往来去、遭逢離散。

人々は日々そこを行き交い、その営為は一日として絶えることがない。流動流転、とどまることなく、別れつつ逢う。まことこれこそが、逢坂の関のすがたというものであったのだなあ、と。このとき第五句「逢坂の関」は、地名としての「逢坂」であると同時に、人々が「逢ふ」、ということを意味する語としてもはたらいている。すなわちこの一首の文意の筋をたどれば、「これやこの、（人々が）別れつつ逢ふ、逢坂の関」ということにならざるを得ない。契沖がこの一首を、「逢坂」という語の語意を解したもの、としているのは、その意味では順直な理解と言わなければならない。

けれどもまたこの歌は、ただ「逢坂」の語意を説いてみせただけの歌ではない。初句「これやこの」の先には、はっきりと提示された世界がある。それは、「別れつつ逢ふ」というにんげんの世の往来離合のありさま。「これやこの」という感嘆にも似た提示語は、そのありさまそのものを指して言われたことばである。

しかも大事なことは、それがあくまでも、庵の中から見られた外界の相だということだ。作者自身は、その往来離合の世界に出で交わってはいない。界を隔てた庵の中にいてただ眺めている。ここに提示されているのは、いわば映像画面のような、見られる対象としてそれ自体で完結している世界だ。これは、終始眺められた景である。この歌に見られる一風変ったことば運びのありようも、庵の中にいて外界の相を眺めている者の興味のあらわれ方、と考えれば、わかりやすい。

この一首、かつて中世のころには、会者定離の仏教的無常観を詠んだもの、と深読みされたりもしたが、本来は、もっと自然な眼で眺められた、「逢坂の関」の風景であったように思われる。

恋歌における逢坂

和歌の世界で逢坂が「逢ふ坂」と意識されたとき、そのことばが恋歌用語として慣用化してゆくのは、必然の成行きであった。

「逢ふ」ということばは、基本的には人と人とが出会うこと、また対面することを意味するが、恋の場で用いられるとき、それは特別の含みを持つことばとなる。すなわち、恋の場における「逢ふ」とは、男女が交会することである。この語義に拠って言えば、恋における究極の成就は「逢ふ」ことだ、ということになろう。恋する人々は、つまるところ「逢ふ」ことを求めて、あれかこれかと心を尽くし、悩んだりよろこんだりするのだ。恋歌とは結局、「逢ふ」ことをめぐって、当事者たちのあいだでさまざまに詠み交わされる歌のことである。

それゆえ恋歌の領域では、「逢ふ」ということばは、最重要キイワードのひとつであった。

そして逢坂という地名は、「逢ふ坂」であることにより、そのキイワードを確実に担うことのできることばである。恋の歌を詠む者にとって「逢坂」とは、まことに頼もしい地名であった。恋の過程に歌の贈答が欠かせないものであったこの時代、「逢坂」は便利な恋歌用語として多用されることになる。

ではその「逢坂」が、恋歌の現場でどのように活用されているか、具体例で見てゆくことにしよう。まず古今集に、こんな歌がある。

題しらず　　　　在原元方
音羽山音に聞きつつ逢坂の関のこなたに年を経るかな

あの人のことは噂に聞いていながら、まだ逢えなくて年月ばかりがたってゆく、と言っている。思いを寄せはじめた、ごく初期の恋である。「音羽山」は逢坂山の南につづく山。「音に聞く」を言うために、初句を「音羽山」で出た。同音反復の序と言われて、このころの歌にはよく使われた技法だ。「音に聞く」とは、評判として聞く、噂に聞く、という意味。「逢坂の関のこなた」とは、恋の現場でなら、説明の要もないほどすぐにわかることばであろう。

この一首、「音羽山」「逢坂」と現地の地名をうまく使って、なかなか修辞力のある歌だが、このような修辞性の強さは、普通、よそゆきの場面で現れることが多い。相手との距離はまだ遠いのである。やはり噂に聞くのみの恋。まだ相手に近づく手だてすらない。この地点から

「逢坂」までたどり着くのは、なかなかのことだ。作者在原元方は業平の孫にあたる人、古今集の開巻劈頭歌の作者として知られている。

後撰集には、こんな歌がある。

題しらず　　　　　　　　　　　　三統公忠

思ひやる心はつねにかよへども逢坂の関越えずもあるかな

ここにも、「逢坂の関」のこなたでもどかしがっている男がいる。あの人への気持はいつも向うまで通わせているのに、いまだに「逢坂の関」が越えられない、と。「題しらず」だから断定はできないが、これはやはり、相手へ直接言い贈った歌かもしれない。心だけを通わすのではなくて、実際に「逢坂の関」を越えて逢いたいのだと、この歌が言いたいのはそれである。恋の初期段階、そこにはいつも、「逢坂の関」が立ちはだかっている。

後撰集の恋の部には、実にさまざまな「逢坂」の歌がある。恋歌における「逢坂」の語の使用頻度を比べると、三代集の中では別して後撰集が高い。しかもそれら後撰集の「逢坂」の歌からは、個々の恋の状況が見えるだけでなく、時には当時の恋の風俗まで窺い知られることがあって、なかなかにおもしろい。恋の現場の種々相が具体的に知られるという点では、後撰集にまさる集はない。以下、後撰集恋の部の「逢坂」の歌を、いくつか見てみよう。

女につかはしける　　　　　　　　よみ人しらず

夜もすがら濡れてわびつるからころも逢坂山に道まどひして
詞書に見るとおり、相手の女性へ届けた歌。ゆうべは泣きの涙でびしょ濡れになって、夜通しつらいことでした、逢坂山で迷子になってしまったものですから、と言っている。「逢坂山に道まどひして」には、具体的には当事者たちにしかわからない意味があると思われるが、たぶん、訪ねて行ったのになにかの都合で「逢ふ」ことができず、うちひしがれて帰った、ということではなかったか。それは当人にとってまことにくちおしく、かつ情けないことであったはずだが、さいわい「逢坂」という専門用語があったため、逢坂山で道まどいしたと、婉曲に言いつくろうことができた。またその道まどいの切なさも、訴えることができた。それにしても恋の道、「逢坂山」まで行き着いてもなお、それを越すのは容易でない。
いちど「逢坂」を越えたのに、その後逢えなくなった、というケースもある。

からうじて逢へりける女に、つつむこと侍りて又え逢はず
侍りければ、つかはしける　　兼輔朝臣

逢坂の木の下露に濡れしよりわが衣手はいまもかわかず

作者は、「堤中納言」と親しみ呼ばれた藤原兼輔。醍醐天皇の外戚であった右大臣定方の従弟にしてその生涯の友。醍醐天皇の東宮時代からその側近に待し、帝即位後は内蔵寮という皇室財務を司る役所に長く勤務、内廷の臣として醍醐朝を内側から支え通したひとりである。いや

それよりも、紫式部の曾祖父、と言った方がわかりやすいだろうか。これはその兼輔の、若いころの恋かと思われる。

詞書によれば兼輔は、その人にやっとのことで逢うことができた。しかし秘すべき事情ある恋であったため、その後逢えなくなったらしい。そこでこの歌を届けたのである。逢坂の木の下露に濡れて以来、私の袖は乾くいとまもありません、と言っている。「逢坂の木の下露に濡れ」たとは、秘すべき恋の、相手には確実に通じることばだ。いや、相手だからこそ深く読み解くことのできることばであろう。恋の現場の歌には、いわば当事者間の暗号メール、というような性格がある。そうした場で、「逢坂」は、まことに有効にはたらくことばであった。

こんどは、贈答一対になった「逢坂」の歌も見ておきたい。

　　女のもとにつかはしける　　　　　　伊尹朝臣

人知れぬ身は急げども年を経てなど越えがたき逢坂の関

　　返し　　　　　　　　　　　　小野好古朝臣女

あづま路に行き交ふ人にあらぬ身はいつかは越えむ逢坂の関

贈歌の主藤原伊尹は、村上朝の実力者であった右大臣師輔の長子。その出自のよさにより、円融朝で摂政太政大臣となって位を極めたが、翌年病歿、政治家としてはなんの実績を残すいとまもなく世を去った。家集に一条摂政御集がある。返歌の主は小野篁の曾孫。その父好古は、朱雀朝純友の乱のとき討手の将となった人である。好古女はのちに伊尹の妻のひとりとなっているが、伊尹が摂政位に就いたときにはすでに歿していた。右の一対は、伊尹と好古女のかかわりの、初期のものであろう。

伊尹の歌はこう言っている。この気持があなたに届かずもどかしい、こんなに急いでいるのに、なぜいつまでも逢坂の関が越せないのでしょう、と。これに対して好古女の返事はこうである。東国へ行き来する人ならば逢坂の関を越えもしましょう、でもわたくしはそうではないのですから、いつになっても逢坂の関は越えませんよ、と。

全面的な拒絶のように見えるが、これはことばの上でのかけひき、乃至たわむれ。こうして歌のやりとりがあること自体、恋のレールには乗っているということである。贈歌も返歌も「逢坂の関」というその肝要の一語を、共に第五句に言い納めて形を揃えている。こうした受け渡しのあり方も、贈答歌における心得のひとつであった。

もう一例、「逢坂」をめぐってのやりとりをあげたい。

女のもとにつかはしける　　源　中正

近江路をしるべなくても見てしかな関のこなたはわびしかりけり

返し　　下野《しもつけ》

道知らでやみやはしなぬ逢坂の関のあなたは湖《うみ》といふなり

源中正は文徳源氏の人。下野という女性は出自等一切不明だが、おそらく父が下野国関係の地方官、本人はどこかに仕えていた女房であろう。

中正はこの女性と、「しるべ」する人、つまり手引きする人を介してつきあっていた。でもう「しるべ」なしで逢ってほしい、いつまでも「関のこなた」ではつらいのです、と懇願している。対して女は、「しるべ」なしだったらあなた、道もわからずじまいになるでしょう、なにしろ逢坂の関の向うは近江の湖《うみ》ですからね、あなたに倦きごころが生ずるのは、目に見えています、と手きびしい。「湖」には「倦《う》み」が懸けられている。

この歌の第二句「やみやはしなぬ」は、わかりにくいことばづかいだ。「やみ」は動詞「止《や》む」の連用形、「やは」は反語の助詞、「し」は動詞「為《す》」の連用形、「な」は完了の助動詞「ぬ」の未然形、「ぬ」は打消の助動詞「ず」の連体形。要するに、それっきりになってしまわぬだろうか、なってしまうにきまっている、という、強い断定の言い方である。

男の歌は、「近江」に「逢ふ身」を懸けている。「逢坂」が近江国の歌枕であったところから、「逢ふ坂」「逢ふ身」と、これもそのころよく併用された懸詞であった。でもいったん逢坂を越えたら、その先は湖（倦み）ではありませんか、と女のガードは固い。「関のこなた」と「関のあなた」。双方地理をふまえながら、「逢坂」をめぐっての攻防。こうしたことばの応酬を楽しむことも、恋の道のりのうちであった。

関の清水と走り井

逢坂を詠んだ歌でどれか一首を、と言われたら、私は迷うことなく次の歌をあげる。

延喜御時月次《つきなみ》御屏風に　　　　貫之

逢坂の関の清水にかげ見えていまやひくらむ望月の駒

ここには拾遺集から掲出したが、貫之集で見ると、延喜六年（九〇六）内裏の月次屏風のために詠進した二十首の中の一首、題は「八月　駒迎へ」である。延喜六年ならば、貫之らが古今集の撰進を終った翌年のことになる。

「月次屏風」とは、正月から十二月までの月ごとの行事や風物を描いた屏風のこと。すなわち右の歌は、内裏の月次屏風の「駒迎へ」の場面に合わせて詠まれたものである。「駒迎へ」とは、毎年八月（旧暦）に、東国の勅旨牧から貢進されてくる馬を、馬寮の官人が逢坂まで出迎える公式行事のこと。当時東国の勅旨牧としては、武蔵では立野《たちの》の牧、信濃では望月の牧が有名であった。

この歌で貫之は、逢坂の関の清水にその姿を映しながら、今こそ望月の御牧の馬たちが牽かれ出てくるところであろう、と詠んでいる。第三句「かげ見えて」の「かげ」とは、光の反対側にできる影のことではなくて、水に映ったものの姿、という意味。つまりこの歌は、ただ牽かれ出る馬たちではなくて、「関の清水」に「かげ」を映しながら立ち現れる駿馬たちを詠み出している。水に映る「かげ」あることによってこの場面は、著しく映像的となった。清澄な水に映りながら次々と現れ出る駒たち。その見事な足どりの臨場感。しかもその名は、「関の清水」に映る「望月の駒」なのだ。これはもう、間然するところなき「駒迎へ」の景ではないか。屏風歌作者としての貫之の力量が、存分に発揮された一首である。

さて、ここに詠まれている清水だが、それは逢坂の関の近くにあったことにより、「関の清水」と呼びならわされてきた湧水である。「関寺」や「関山」などと同様、関のほとり、ということをアピールした呼び名だ。

古今集には、この清水を詠んだ歌が二首ある。ひとつは巻十一の、次のような恋歌である。

題しらず　　　　よみ人しらず

逢坂の関に流るる岩清水言はでこころに思ひこそすれ

この気持を口に出しては言わず、心のうちでじっと思っているのです、と詠んでいる。上三句は序詞で、「岩清水言はで」と同音をくり返すことにより下句を導き出す技法。実質的な歌意は下句にあり、上句はいわば歌意にあずかることのない装飾句である。しかしこの装飾句における「流るる岩清水」の効果は大きい。さわやかに岩間を流れる清水のイメージが、言わで思う初々しい恋のこころを、あざやかに形象化している。

いまひとつは、巻十九雑体の部にある。

君が代に逢坂山の岩清水木隠れたりと思ひけるかな

作者は壬生忠岑。これは忠岑が、古今集撰者拝命のよろこびを長歌に詠んだとき、その反歌として付した一首である。歌意は、めでたき君の御代に逢い、私もこのような栄誉にあずかることができましたが、それまでは、あの逢坂山の岩清水のように、木隠れて世に出るときなどない、と思っておりました、というようなことになる。

この詠みぶりからすればその清水は、木深いところにひっそりとあったものか。この歌でも「逢坂山の岩清水」は、歌意の実質には関与せぬ比喩的景物として言われていながら、しかしその存在感は鮮明である。

古今集にあるこれらの二首は、年代的に見て貫之の「望月の駒」の歌よりも先に詠まれているはずだが、どちらでも「岩清水」と言われているのが興味深い。岩清水。岩に湧く清水。「岩」の字が冠せられただけで、水の純度が増すようだ。この「岩清水」は、右の一首どちらにおいても歌の主意にはあずからず、序詞や比喩的修辞に援用されているだけである。それでいてこのさわやかなイメージの形成力。ここでの「関の清水」は、「言わでこころに思」うという、また「木隠れたりと思」うという、いわば表立たぬたたずまいのものとして詠まれているのだが、あるいは実際のその泉も、さほど表立たぬところにありながら旅ゆく人々にはよく知られ、かつ親しまれていたのかもしれない。

逢坂の「関の清水」が、旅人たちへの慰めの泉としていつごろまで湧きつづけていたか、遺憾ながらそれを言うことができない。ただ、一条朝のころの人大宰大弐藤原高遠の家集に、逢坂の関を越えるところで供にいた女房と「関の清水」をめぐって詠み交した、という四首の歌が見られる。これにより、少なくともそのころまでは、湧水としての「関の清水」は存在していたかと思われる。

それから二世紀ばかりのち、鴨長明の著した無名抄にも、「関清水事」という一章がある。ただしそれは、長明自身の見聞を述べたものではなくて、「ある人」からの聞き書き、という形をとって書かれている。従って以下の話は、長明ではなく「ある人」の語り、として読まれなければならない。

逢坂の関の清水を走り井と同じものだと思っている人が多いようだが、実はそうではない。清水は別のところにある。今は水もないから、そこと知る人もない。三井寺の円実坊阿闍梨という老僧だけがその所在を知っている、ということだったので訪ねて行ったところ、こんなに古いことを尋ねて来るとは奇特なことだ、と現地へ連れて行ってくれた。関寺から西へ二、三町ほど行くと、道より北側のすこし上ったところに一丈ばかりの石塔があり、その塔から東へ三段ばかり下った窪地が、すなわちむかしの関の清水の跡であった云々、と。

これによれば、長明がこの話を聞いたころにはもう湧水としての「関の清水」は存在せず、その跡を知る人もほとんどなくなっていたらしい。ただそのありかは、関寺から西へ二、三町のところであったというから、やはり逢坂山の東麓、逢坂の関と非常に近いところにあったのだと思われる。そしてこの清水は、長明よりのちもなお、中世の歌人たちによって詠まれつづけてゆくが、それはもはや実在せぬ清水、歌枕として名のみが残る「関の清水」であったわけである。現在、大津市内逢坂山山麓の関蟬丸神社下社の境内に、「関の清水」旧跡と言われるものがあるということだったが、その日の私には、そこまで足を運ぶいとまがなかった。


逢坂には、この「関の清水」のほかにもうひとつ、「走り井」と呼ばれる水があった。「走り井」とは、語義としては、水のほとばしり出る井泉、ということ。逢坂の「走り井」も、その名のとおり勢いよく噴出する泉だったのであろう。無名抄の言い方のニュアンスからすれば、長明のころの逢坂には「走り井」が現存しており、世人の多くが「関の清水」と「走り井」を同じものだと思っていた、という状況があったように思われる。すなわち長明のころ、「関の清水」はなくなっていたが「走り井」は存在していた。

「走り井」は「関の清水」と違って、古今集、後撰集のころの歌には詠まれず、むしろ物語、日記の類に出てくる。たとえば、平中物語二十五段。平中物語は、桓武天皇の末裔で宇多・醍醐朝の官人であった平貞文の、主として色ごのみぶりのいろいろを語った歌物語である。

あるときこの男は、志賀崇福寺へ詣でるため近江へ向かった。崇福寺は、もと天智天皇の大津宮時代に造られた寺であったが、平安時代にも都びとの参詣参籠の多かった寺である。現在は京阪電鉄石山坂本線志賀里駅の西方山中に、その跡が残っている。さて、男が逢坂の「走り井」に着くと、女たち何人かの乗った車が停り、牛を外して休んでいるところだった。そうなるとこの男、やはり馬をおりてようすを見なくては気がすまない。すると女たちはそれに気づき、車に牛をかけて動き出した。このあと男は女車のあとを追って行き、逢坂の関を越えたところで歌のやりとりがあって、両者のつきあいは先々おもしろい展開となってゆくのだが、この稿は「走り井」の話をしなければならないのだから、もうこれ以上男のあとについて行くわけにはいかない。

右の平中物語の描写を見て気づくことが二つある。ひとつは、逢坂越えの道にあって「走り井」は、休憩所的スポットだったのではないかということ。女たちは車から牛を外して休んでいた。これは大休止の状態なのである。いまひとつは、京から近江への道筋では、「走り井」を過ぎてのち関があった、ということ。つまり関は、「走り井」より東にあることになる。この地理的位置関係は、関は逢坂山東麓にあったか、とする推定とも整合する。

「走り井」については、より詳細な記述が蜻蛉日記に二か所見られる。

まず天禄元年（九七〇）六月、作者藤原倫寧女が唐崎祓に行った帰途の記述である。この日の作者一行は、作者を含めて女性三人が牛車、乗馬の従者が七、八人であった。早朝に京を発ち、唐崎で祓をすませて帰途についたのが午後三時ごろ、逢坂越えにさしかかったのが五時ごろである。陰暦六月、逢坂山にはひぐらしが鳴き満ちていた、とある。途中、従者の何人かが馬をうちはやして先行、作者たちが「走り井」に着いてみると、休憩の準備が整えられていた。車を下り、道より奥まったところに幕など引きめぐらして休んだ、手足を水に浸すと、もの思いもふき飛ぶようであった、石などに寄りかかり、水を流してある樋の上に折敷《おしき》（角盆）をのせ、水飯《すいはん》（水かけご飯）など食べると、ここを立ち去るのがつらいと思われるほどだった、と書いている。

ここに描き出された状況は、先の平中物語の記述よりはるかに克明かつ具体的で、休みどころとしての「走り井」の実状をよく教えてくれる。まずそこは、道からそれて牛車を停めたり、牛馬を休ませたり、幕をめぐらして人々がゆっくり休みをとったりできるだけの、立地に余裕のある場所だった。流水に手足を浸すこともでき、寄りかかれる石もあり、水の流れる樋も設けられて、飲食のための便も図られていた、ということがわかる。

蜻蛉日記にはもう一か所、「走り井」の場面がある。同じ天禄元年の七月、つまり先の唐崎祓の翌月、こんどは石山詣を思い立つ。このころの倫寧女は、夫兼家との仲を悩みに悩んで、ほとんど極限的な精神状態にあった。この時期の作者の「ものへ行く」ことの多さは、わが心を鎮めかねる苦悶の、あらわれであったろう。

その石山詣は徒歩行、供も唐崎祓のときより少なめであったようだ。やはり未明に京を発ち、山科で明けはなれた。「走り井」に着き、幕ひきめぐらして弁当などしたためていると、「馬に乗りたる者あまた、車二つ三つ引きつづけ」た若狭守一行が威勢よくやって来て、停りもせずに走り過ぎて行った。その上、下衆《げす》や車の口付きの者どもが幕の近くまで来て水浴びさわぐ。わが供の者が追い払おうとするのに対して、「ここは行き来の人がいつも立ち寄るところじゃないか。なんで咎めだてする。」と言い返してくるのを聞くここち、たとえようもなかった、と書いている。このころの倫寧女には、見るもの聞くもの触れるものすべてが、痛んだ心にあてられる鑢《やすり》であった。

作者の鬱懐にいまは立ち入らないが、ここでも休みどころとしての「走り井」のありさまは活写されている。若狭守一行が「立ちも止らで」走り過ぎて行ったとあるのは、ここは普通なら休んでゆくところなのに、という気持である。すなわちそこは、逢坂を越える旅人のおおかたが、休みをとってゆくところ。貴族階級の人ならば幕で囲って食事などするところ。ただしその幕のすぐ外では、下人たちが水浴びさわぐような場所でもあった。「ここは行き来の人がいつも立ち寄るところじゃないか。」という下衆のことばが、「走り井」の性格を言いつくしている。そこは、老若男女貴賤さまざまの旅人たちが、旅人としてひとしく休みをとるところ。ただし、ひきめぐらす幕は、遮蔽の役は果すことはできても、決して占有までを主張できるような場所ではなかった。

いずくであれ湧水を頼って休みをとるというのは、行旅の際のならいである。逢坂の「走り井」は、その名のとおり湧出の勢いもあり、水量も豊かな泉であったのだろう。そこが旅人たちの休憩スポットとなったのは、極めて自然の成行きであったと思われる。公的に設けられた駅家などとはまったく別の性格の、いわば自然にできあがった大衆的な休みどころ。「走り井」は、そうした場所だったようである。

「走り井」のありかは、今日でもほぼたしかに知ることができる。それは逢坂の峠より西、現在の京津線で言えば、大谷駅より三〇〇メートルばかり追分駅側へ下ったところである。このあたり、江戸時代には「走井茶屋」があったといい、そこの「走井餅」なるものは、明和年間に売り出された名物だったという。大衆的な休みどころとしての「走り井」の機能は、近世期まで衰えることなく続いていたわけである。

なお、戦前この地には、日本画家橋本関雪の別邸があり、関雪歿してのち、昭和二十一年（一九四六）に寺とされた。月心寺という。この寺にいまも「走り井」と名づけられた井があるとのことであったが、その日の私には、そこも訪れるいとまがなかった。

「関の清水」と「走り井」。それは逢坂山の東と西に湧いて、山越えする旅人たちをうるおした泉であった。一方は樹蔭の岩間にあふれ出る清冽の水。他方は豊かに流れ出ておそらく小川となっていた水。遠いむかしに失われてしまった二つの泉だが、歌枕「逢坂」の地になくてはならぬ景物として、和歌や物語の中では、いまなお滾々と湧きつづけている。

逢坂を歩いて

国道一号線の逢坂越え

その年の正月に逢坂を越えたのは、ほんの気まぐれから出たことだった。たまたま、大津へ行くため京都から湖西線に乗ったのを、山科に来たところでふと思いついて、京阪電鉄京津線に乗りかえたのである。それが、私にとってのはじめての逢坂越えとなった。京津線は、山科から浜大津まで、ほぼむかしの逢坂越えのルートを通っている。だから逢坂を越えたとは言っても、このときはただ電車で通っただけである。それでも峠あたりの山中では、山越え道の険しさがたしかに窓の外に感じられた。そして、なまじいな思いつきでそんな安易な通り方をしたのが、非常によくなかった。あの道、自分で歩いてみなければと、やはり納まりのつかぬ気持を抱え込むことになったからである。

気候がよくなり、日脚も延びた五月半ば、ようやく逢坂を歩くために西下することができた。今回も山科で京津線に乗りかえ、逢坂山中の大谷駅で下車した。

大谷駅は、逢坂越えの行程から言えば、山科側からのぼってきてもう峠近い地点になるのだが、このあたりまでの現在ルートは、山中とは言いながら、ほぼまっすぐな現代的道路に改修されてしまっている。すなわちその道は、大規模な凹字型に削り広げられて、直線的な大道に

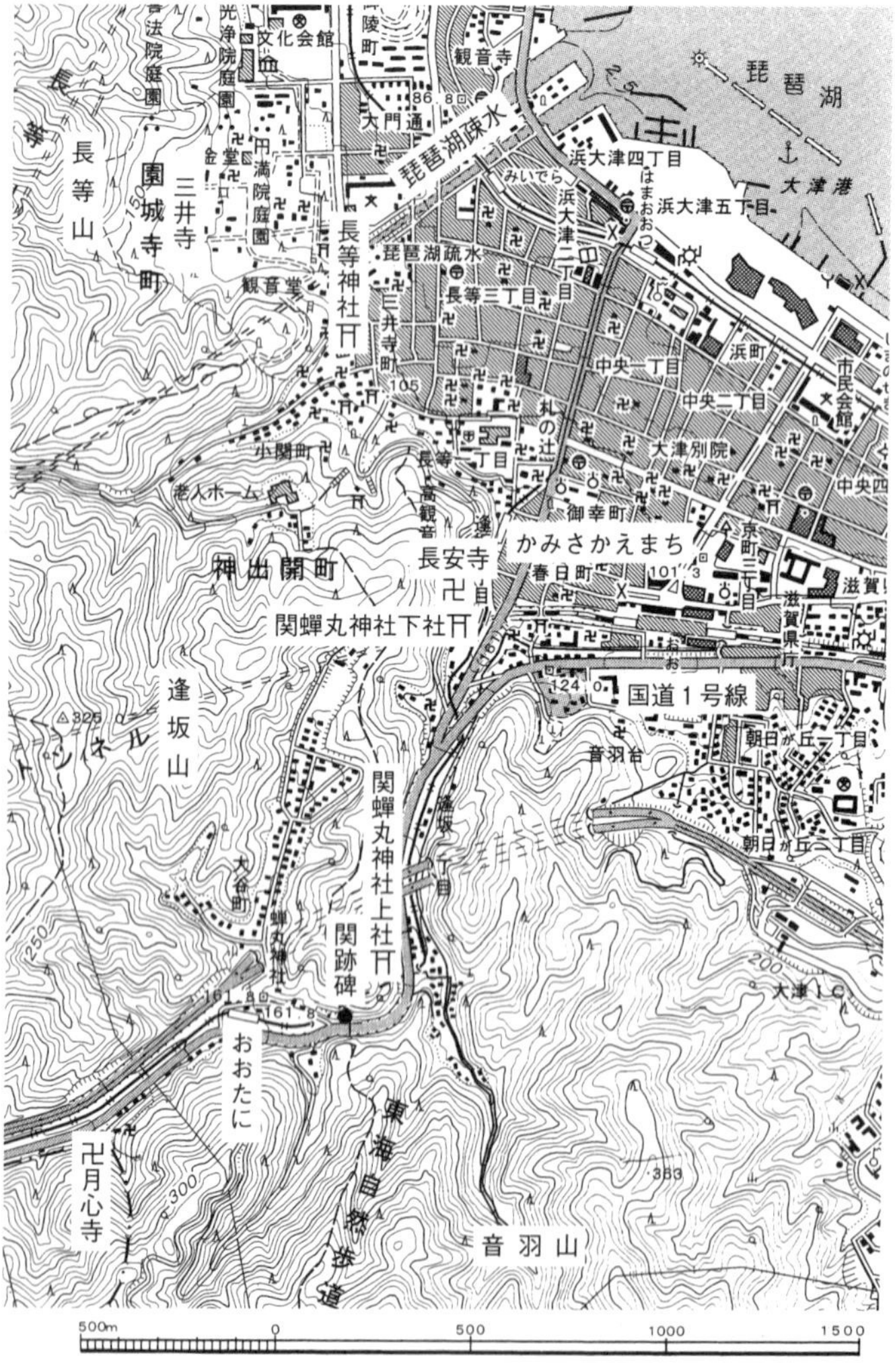
琵琶湖
大津港
琵琶湖疏水
浜大津四丁目
浜大津五丁目
はまおおつ
みいでら
浜大津二丁目
文化会館
観音寺
大門通
光浄院庭園
法明院庭園
円満院庭園
金堂
三井寺
園城寺町
長等山
観音堂
長等神社
琵琶湖疏水
長等三丁目
三井寺町
中央一丁目
中央二丁目
浜町
市民会館
丸の辻
大津別院
中央四
小関町
長等一丁目
老人ホーム
高観音
御幸町
かみさかえまち
長安寺
神出開町
京町三丁目
春日町
滋賀県庁
関蝉丸神社下社
国道１号線
朝日が丘一丁目
音羽台
逢坂山
トンネル
関蝉丸神社上社
逢坂一丁目
朝日が丘二丁目
大谷町
蝉丸神社
関跡碑
大津ＩＣ
おおたに
東海自然歩道
月心寺
音羽山
500m
0
500
1000
1500

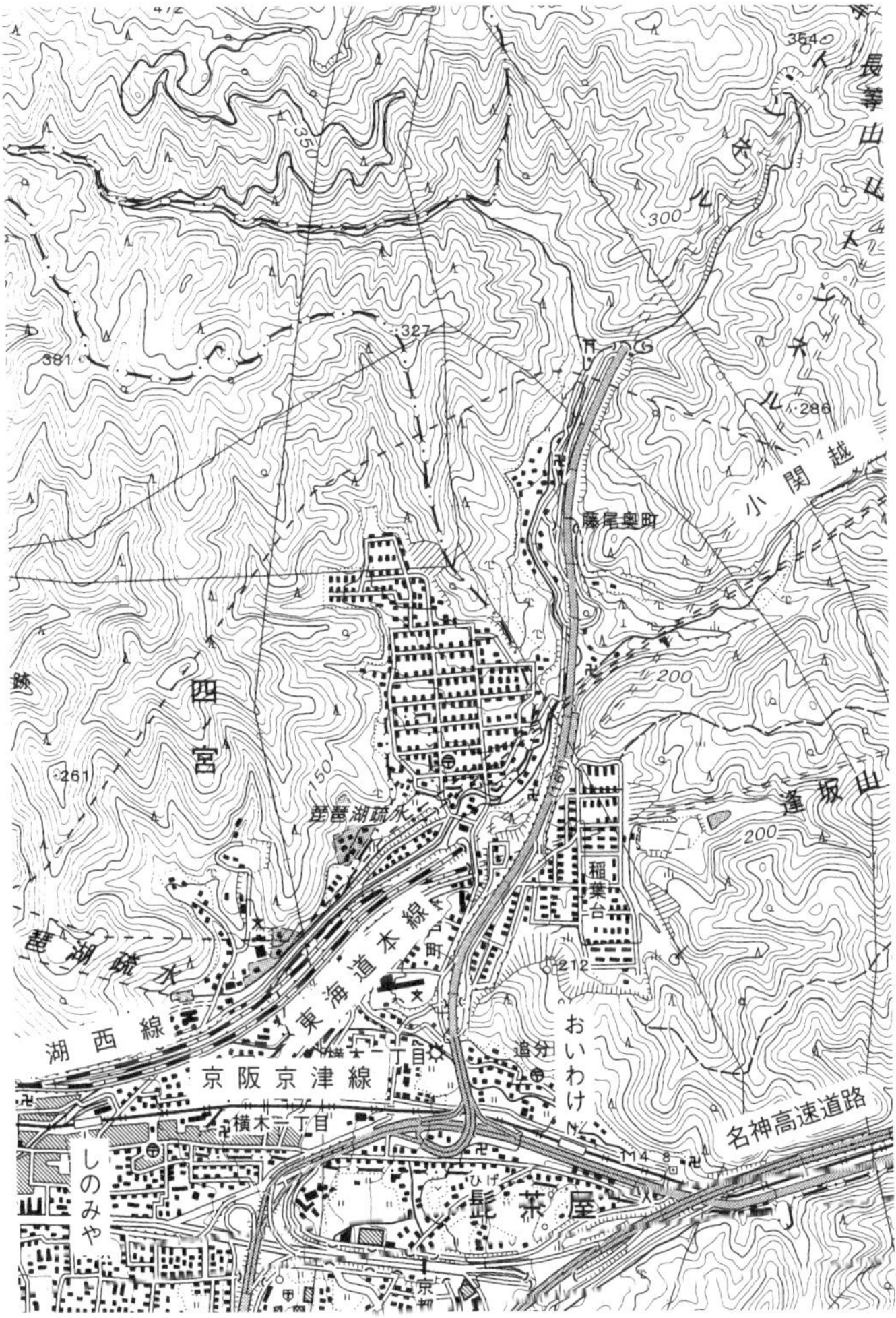

逢　坂　（1／2.5万地形図「京都東北部」「京都東南部」を使用）

作り変えられている。凹字型の底面部分を通るのが国道一号線。これが現在の逢坂越えのルートである。

しかもこの国道に並行して京阪電鉄京津線が通り、さらには高架で名神高速道路も走る。谷は、かなりの幅で開削されているのだ。両側山地の裾は削り取られ、その断面は厳重にコンクリート固めされている。旧逢坂越えの山中路は、凹字型の中央へこみ部分として、すっかりくり抜かれているらしい。行路をおおう樹林もなければ山中路ゆえの曲りくねりもない。幅の広いまっすぐな、そしてゆるやかな上り坂の大道。現在の追分・大谷駅間では、千年むかしの逢坂越えどころか、二百年前の街道のなごりさえ、探し出すことは困難である。それで、大谷駅までは電車にした。

大谷駅はほんとうに小さな駅で、ホームのはずれがすぐに踏切、駅の南側はじかに国道である。国道の車の通行量は上下方向ともかなりのものであるが、踏切つづきに信号があって、それで横断できる。信号を渡れば、車線の端をガードレールで仕切って、片側歩道が設けられている。現在の逢坂越えでにんげんは、この車線の端の狭い歩道を歩くしかない。

大谷駅前でその歩道に出たあと、コースを逆もどりする形で、山科側へ三〇〇メートルばかり下る。「走り井」の跡があるという月心寺へ行くためである。

月心寺は、歩道沿いの南側に、山地とのあいだに挟まるように細長く立っていた。ここはもと日本画家橋本関雪の別邸。画家の歿後に寺とされた。「月心寺」という寺名も、関雪の戒名に因んだものである。歩道際に長い土塀があり、格子門に「月心寺　走井」と軒行燈をかかげてはいるものの、やはり寺というよりは画家の別邸、という感じのたたずまいである。門の格子の内に古風な玄関が見え、そのかたわらに苔むした感じの円筒形の井筒のあるのが見えた。それが、走り井の跡と称しているものらしい。格子門は閉まっており、山蔭なので門の内はほの暗く、おとなおうにも人のけはいがない。やむなく、門格子越しに暗い井筒をかいま見ただけで引き返した。あとで聞いたことだが、ここはいま尼僧寺となっていて、予約なしでは中に入れないという。

千年むかしの走り井は、逢坂越えする人々のための休憩スポットであった。蜻蛉日記には二か所、走り井で休みをとったときのありさまが描かれている。それによると作者は、ここ走り井で、道からひき入ったところに幕をめぐらして、破籠《わりご》（弁当）を使ったり水に手足を浸したりして休んでいる。しかしまた、幕のすぐ外に賤しい者どもが来て水浴びさわいだ、とも書いている。当時の走り井は、現在のように囲い込まれた井戸ではなくて、貴賤老若男女を問わず、すべての旅人のために開放された湧水であったようである。その名のごとく豊かな水がほとばしるように湧き、おそらく流れる小川となっていたのであろう。

前述したとおり現在このあたりの谷は、道路や鉄道のために大きく削り広げられているが、両側の峯のあいだを目測すれば、むかしの谷の幅はおよそ見当がつけられる。その両峯の開き工合を見比べてみると、ここ走り井は私が想像していたほど開けた地形ではなくて、ずっと細長いままの谷であったらしく思われる。おそらくそのかみの走り井の休みどころは、谷なりに東西に細長く展開していたにちがいない。

近世の走り井には、「走井茶屋」があり、「走井餅」なるものが売られていたという。休憩スポットとしての走り井の機能は、古代から近世まで変ることなく引き継がれてきたもののようである。ただし現在は、月心寺の並びに数軒の民家があるばかり。目の前の広い国道には間断なく車が通過して、とどまるものなどなにひとつない。もちろん手足を浸せるような流れなどもない。一軒の民家の軒下に、「名水餅」と書かれた看板が朽ちかけて横たわっていたが、茶屋も餅も、そのおもかげだになかった。

月心寺からとって返し、峠へとのぼりはじめる。現代の逢坂越えはりっぱに造られた大道だから、行く手の見通しもよく、なにより上空が大きく開けていて太陽が燦々と照る。往古の逢坂越えがこんなに明るい道であったはずはない。

京津線の大谷駅を過ぎるあたりから、上り勾配がすこし険しくなり、ほどなく峠に到り着いた。幾度も言うようだが、いまはルートがりっぱな国道になっているから、坂の傾き工合も峠のありかも非常によくわかる。ピーク地点に押しボタン式信号があり、それを渡って国道北側に移ると、そこに「逢坂山関址」と彫られた大きな石碑がある。その左側に、やはり石の常夜燈が一基。これは寛政のころ峠付近に設置された四基のうちのひとつが、いまに残っているものである。

関址碑は、写真では幾度も見ていたのだが、思ったよりずっと大きく、しかもこんなに車の往来の多い道路ぎわに、こんなに明るく立っていたとは、やはり思いがけないことであった。いつごろ立てられたものかは知らないが、この碑のありかが正しくいにしえの関跡を示すものであるかということになると、その確証はない、とするのが、今日のおおかたの見方である。地形の狭さから見ても、ここに関という施設があったとは、思いにくい。

押しボタンを押してまた南側歩道にもどると、近江側の坂下から、自転車に乗ってのぼってくる男性があった。現代の逢坂は自転車によってでも越えられるのだと、内心おどろきながらすれ違った。

そこからの国道は、左へ小さく曲り、右へ立て直したあと、大きく左へ曲った。両側の山地は大きく削られて、道は完全に深い切通し状になっている。見上げる上空も、その幅が非常に狭くなった。左右山地だけでなく、底の路面も相当に掘り下げられているようだ。それでいてなお、この勾配と蛇行。大改修されているとはいえこの国道は、やはり基本的には往古の山中路のあとをなぞっているらしい。ここ峠付近の地形には、近代の土木工法をもってしても抗しきれないほどの、険しさや複雑さがあったということなのだろう。

峠を過ぎてからの道は、蛇行しながらもどんどん下りであった。この傾斜を自転車で登るのは容易ではあるまいと、思わずあとをふり返ったが、切通し状のままカーヴをくり返す道だから、もう坂の上方は見通せなかった。いずれにしてもこの峠のあたり、むかしはかなり厳しい山路であったろうと思われる。京津線の電車は、この地点の地下をトンネルでくぐっている。正月に通ったとき、車輛があの苦しそうな表情を見せたほぼ直角の左折カーヴは、このトンネルを近江側へ出たところである。

道がもういちど右へ曲る坂となったとき、前方にわずかながら大津の市街が見えた。このあたりまで来ると、左の逢坂山と右の音羽山の峯がはっきりと左右に分れて、そのあいだからすこしずつ近江の平地が望見できるようになる。往古の道はいまよりずっと見通しが悪かったはずだから、現状そのままを当時にあてはめるわけにはいかないが、あの万葉集の、

相坂をうちいでて見れば淡海《あふみ》の海しらゆふ花に波たちわたる

は、このように山中路を抜け出た地点で、はじめて湖面の見えたよろこびを詠んだ歌であったはずである。なるほどそれは、旅人にとって思わず声をあげたくなるような眺めであったのだと、私もしばらく足を止めてその遠景へ目を凝らした。

歩くほどに、道はおもしろいほど下りであった。こうなるとなぜか、通ってきたあとを幾度

もふり返らずにはいられない。見返る峠は、もう峯のいくつか重なり合った向こうで、目の前の大道には、そこをめざしてゆく車、そこから下ってきた車が、ひきもきらず往来している。

いつのまにか国道の両側には、ひと並びずつだが人家も立ちはじめ、下り傾斜はずっとゆるやかになっている。行く手には、トンネルを出てきた名神高速道路が、橋脚上で国道を横断しているのが見える。その橋脚のすこし手前、逢坂山側の山ぎわにあるのが、関蟬丸神社上社。石段の上の赤い玉垣が人目をひく。

これでもう、逢坂山を越えてしまったことになるのか。このように歩いてきてみると、現在の逢坂越えは、やや大きな峠ひとつを越えるばかりの、あっけないほど単純な車の道だ。寄り道しながらの徒歩行でも、一時間とはかかっていない。

関のありか

もともとここ逢坂には、古代以来、国の主要幹線道路としての長い歴史がある。

たとえば古今集・後撰集や蜻蛉日記・更級日記のころは、徒歩行の人々ばかりでなく、乗馬や牛車による山越えも少なくなかった。当時の社会は、地形に大きく手を加えるような土木技術を持ってはいなかったはずだが、それでも平安時代前期においてすでに、牛車などの車輌の通行が可能な山越え道が、ここには作られていたのだ。

中世に入るとその道は、当時の運送業者とも言うべき馬借・車借の通行ルートであったし、近世においては、米をはじめとする商品が大量に運送される道であった。近世後期になると、開削や掘り下げなどの土木工事が行われ、運搬車輌のためには車石（轍を刻んだ石）まで敷設された。これは、当時としては相当に工夫された重量車輌用の山越え技術と言うべきものである。また峠のあたりには、しっかりとした石の常夜燈も立てられた。いま関址碑のかたわらに残っているのが、そのうちの一基である。地形から見て、峠あたりの坂の険しさは、やはり容易ならぬものであったと思われるが、それを車輌で越えられるような道が、古代以来ここにはあったことになる。特に近世後期の逢坂越えの道には、かなりのレベルの土木技術が認められる。その保守管理についても、当然おろそかならぬ努力が払われていたことであろう。

現在の国道一号線は、その近世後期の道にさらに大がかりな拡幅改修を加えて、モータリゼイションの時代に対応すべく整備された道路である。いま車でなら、逢坂を越えるのに五分とはかかるまい。それは文字どおり国道の一号線として、東海道を走る国の幹線道路なのだ。ただし現在のその道は、車のためにはりっぱな大道であるが、徒歩行の人のためには行届いた道とは言えない。つまり車線の片端が、わずかにガードレールで仕切られているだけ。あまり安心しては歩けない。いま逢坂にあるのは、車のための山越え道であって、にんげんが歩いて越えるための道ではない。

　現に、この山を越えてきたあいだに私が逢ったのは——天気のよい平日の午前中であったのだが——、大谷駅近くの人家の前で歩道の掃除をしていた年配の女性と、峠近くを自転車でのぼってきた男性と、近江側へかなり下った地点で脇道から自転車で出てきて大津の町の方へ走り去って行った若い女性と、この三人だけであった。現在の逢坂は、歩いて越える旅人がいないだけでなく、地元の人の生活道路としても、さほどに活用されていないのではないかと思われた。

　峠のあたり、往古の曲りくねっていたであろう山中路や、空をおおっていたであろう樹林や、吹く風の寂しさなどはすべて、凹字型のへこみ部分としてきれいに掘り去られて、あとかたもない。現在の逢坂越えは、まことに無駄の省かれた、迷おうにも迷いようのない明快な車の道である。もし千年むかしの逢坂越えのありさまを、幾分なりとも窺い知りたいと思うならば、あの山中深く掘り下げられた切り通し状の大道を、すべて埋めもどしてみるだけの、屈強の想像力が必要であろう。

　名神高速道路の橋脚下をくぐり抜けると、まもなく道は二つに分岐する。国道はここから右の方膳所方面へ向かうので、私はそれと別れて左へ、なお逢坂山の山すそに沿うて行く。あたりは落着いた町家のつづく市中となり、それら町家のすぐうしろに、逢坂山がじかに控えている。逢坂山の東麓。ここの逢坂山は、もう丘と呼んだ方がいいほどの背の低い端山である。けれどもさすがに五月の山だ。新緑がぎっしりと繁り合い、かがやく若葉がひしめき合っている。人家のすぐうしろが緑樹の密生した丘、というのは、まことに新鮮な眺めであった。

妙光寺、関蟬丸神社下社、長安寺。古さびた寺社が、山麓の緑に文字どおり埋もれ隠れて立っている。妙光寺と下社は道路や町家と同じ高さだったが、長安寺は山にかかって、高い石段を二階のぼった奥にあった。境内には人のけはいがまったくなく、寺域の東端まで出てみると、湖面の一部が新緑のあいだから見えた。

現在の長安寺は、いにしえの関寺の寺地を引き継いでいるという。また、むかしの逢坂の関は関寺境内の西端にあった、とする説が有力であるともいう（『滋賀県の地名』日本歴史地名大系　平凡社）。とすれば、この長安寺より西の方、関蟬丸神社下社へかけての山すそあたりが、およそむかしの関のありか、ということになるのであろうか。

関と関寺の位置関係については、更級日記の記述が参考になる。

十一世紀の前期、更級日記の作者は、父に伴われて上総から都へ上る途中、この逢坂の関を越えた。十三歳のとき、旧暦十二月二日のことであった。

関近くなりて、山づらにかりそめなる切り掛けといふものしたる上《かみ》より、丈六の仏のいまだあらづくりにおはするが、顔ばかり見やられたり。

とあるのは、関寺に丈六仏が築造中であったさまを書き留めたものだ。「切り掛り」とは、簡単な囲いのこと。今日風に言えば、工事用シートが張り巡らされていて、その上から造りかけの丈六仏の顔だけが見えた、というのである。

その造りかけの仏は、「関近くなりて」という場所にあった。つまり関寺は、東国から上洛する道の、関より手前にあったわけである。従って東国から来る道順としては、関寺過ぎてから関、ということになる。また「山づらに」とあるから、その寺はこの低い丘陵状の逢坂山に倚って立っていたことになる。それはたしかに、現在の長安寺の立地状況に符合する。

それから二十五年のち、彼女は石山詣のためにもういちど関を越えた。やはり冬、霜月二十日あまり、雪が降っていた、とある。

逢坂の関を見るにも、むかし越えしも冬ぞかしと思ひ出でらるるに、そのほどしも、いと荒う吹いたり。

逢坂の関の関風吹く声はむかし聞きしに変らざりけり

関寺のいかめしう造られたるを見るにも、その折、あらづくりの御顔ばかり見られし折思ひ出でられて、年月の過ぎにけるも、いとあはれなり。

このとき作者は三十八歳、すでに人の妻となり母となっていた。関吹く風はむかしに変らないが、かつて粗造りの丈六仏の顔だけが見えた関寺は、「いかめしう」造り整えられていた。二十五年の歳月の推移。作者の感慨は無理もない。そしてこのたびは都から石山への旅だから、むかしとは逆に、関を過ぎてから関寺、という道順。記述もそのようになっている。

更級日記に見えるこの二度の関通過の記述は、関と関寺が近接して逢坂山の山すそにあったこと、立地は関が西、関寺がその東であったこと、を間接的ながら教えてくれる。とすればやはり、この関蝉丸神社下社から長安寺へかけての一帯が、更級日記に描かれた地点、すなわちいにしえの関や関寺のあったあたり、ということになりそうである。

それにしても、このあたりの地形や寺社のたたずまいは、意外にこぢんまりとしたものである。樹々の繁りは深いが背の低い山。山すその樹林に埋もれた寺社も、決して大規模とは言えない。私の立っている道路の背後、人家の立ち並ぶ市中も、数百メートル先はもう湖岸であって、それほど広い平野があるわけではない。いにしえ、このあたりに関や関寺があったとすれば、それらはいったい、それぞれどのくらいの規模のものであったろうか。

とはいえこの地点は、京から来た道が逢坂を越えたのち、東海道へならば南へ、北陸道へならば北へと、ふた手に別れてゆく分岐点にあたっている。逆に言えば、東国から来た道と北国から来た道との合流点、ということにもなる。その地理的条件から言えば、たしかにここは関の置かれるにふさわしい地点であったに相違ない。地方へ下る人をこの関まで見送り、都へ帰ってくる人をこの関まで出迎えたというならわしも、やはりこの立地を考えるとき、納得がいくのである。

関蟬丸神社下社もまた、樹々の繁るに任せたという感じの、木立のみ深くて人けのない社であった。境内を入ってすぐ、柵に囲われて「関清水跡」というものがあった。ほの暗い中をのぞきこむと、しっかりとした方形の井戸状に積みあげられた石組みのさまは、たしかに湧水泉を囲った形のものである。もちろんその岩井の底はまったく乾いていて、水のけはいなどどこにも感じられなかったが。

「関の清水」は、貫之や忠岑によって歌に詠まれ、古今集のころには、逢坂の関の景物として知られた泉であった。しかし十三世紀はじめ鴨長明のころには、もう湧水としては存在せず、そのありかを知る人もほとんどいなくなっていたようである。それでも長明の無名抄には、「ある人」が語った話として、関寺より西へ二、三町ばかり行くと、道より北の面《つら》すこし立ち上りたるところに石の塔があり、それを東へ三段ばかり下った窪地が、関の清水の跡であった、と書かれている。関寺の故地は現在の長安寺のあたりとされるから、それより西へ二、三町という距離は、たしかにこの関蟬丸神社下社の近辺がその見当になろう。「関の清水」は、文字どおり逢坂の関のほとりにあったもののようである。

しかし、いま関蟬丸神社下社境内に柵で囲われてある涸れ井戸状のものが、そのままいにしえの清水の跡であるとは思いにくい。だいいち、あたりの地形が湧水のあり得た場所のようには見えない。この近辺で水が湧いたとすれば、それはいますこし山蔭寄りの、いますこし窪んだところではなかったろうか。それに、あまりに岩井らしく作られた石組みのさまが、時代の新しさを物語っているように思われる。おそらくこの井戸状のものは、逢坂山の峠にあった関址碑と同様、メモリアルな記念のかたちとして、のちの代に作られたものであろう。

貫之や忠岑によって詠まれたいにしえの「関の清水」は、いまこの近くの山蔭のどこかに、土中深く埋もれているにちがいない。

小関越え

旧逢坂越えのルートは、山科側から近江へと歩いてみたのだが、逢坂山には、いまひとつの山越え道がある。帰途はそれを通って、近江側から山科へもどってみよう、と考えていた。

今ひとつの山越え道。それを小関越えという。旧逢坂越えが逢坂山南側を行く道であるのに対して、これは逢坂山の北側、つまり長等《ながら》山とのあいだの鞍部を通る道である。「小関越え」の名は、旧逢坂越えを「大関越え」として、それに対する呼称。この呼び方には、いわば本街道に対する脇の道、というようなニュアンスがある。旧逢坂越えが古代からの官道としてにぎわい、万葉集にもその道についての証歌が存するのに対して、小関越えのルートやその名が文献・史料等にあらわれるのは、中世に入ってからである。ということは、小関越えのはじまりはそんなに古くない、ということなのだろうか、どうだろう。

小関越えは、山科側から来るとすれば、追分で左へ道をとり、藤尾を経て山中に入り、峠を越えたのち、園城寺（三井寺）観音堂の下に出るルートである。二万五千分一地形図をくり返し眺めてみるのだが、こちらが迂回路というわけでは決してない。谷の開け方や山の深さなどでは、むしろこちらが穏やかかもしれない。峠あたりの地形は、旧逢坂越えよりなだらかなようにさえ見える。このような逢坂山北側谷筋の通行が、南側谷筋のそれに比して数世紀も遅れているというのは、なにか納得しかねる。南側谷筋を古代から人が通っていたのならば、地理的条件に大差のない北側谷筋も、同じころから人が通らなかったはずはない。ことによるとこのルートは、官道でなかっただけのこと、その存在は早くから知る人には知られ、なんらかの形で利用されていたのではないか。旧逢坂越えを歩くときがあるならば、小関越えも通ってみなければと、それははじめから考えのうちにあったことである。

けれどもこの日は、朝から旧逢坂越えを歩いたあと、義仲寺に立ち寄ったり、ついでのことにと石山まで行ったり、園城寺へまわったりしたものだから、琵琶湖疏水ほとりの桜並木まで出てきたときには、さすがに歩き疲れていた。午後も三時を過ぎた時刻。この状態ではじめての山中を歩くわけにはいかない。疏水べりで、通りかかったタクシーを停めた。

むかしの小関越えの道を通って山科駅まで行きたい、と言うと、運転手は心得顔になって、それじゃ長等神社から出発しましょう、と車を西の山へ向けた。

長等神社は、園城寺観音堂の山下にある。その楼門は、入母屋造檜皮葺のまことにりっぱなものだった。車は楼門の前から南へ向かい、住宅地の石垣下の細道を器用に抜けて行く。これがむかしの道なんです、すぐに山道になります、と運転手はこちらの気持を読んだように言う。職業柄道に詳しいというだけでなく、どうやら地元の人であるらしい。

そのことばのとおり、ほどなく山中路となった。空をおおう樹林。陽のささない道に、辛うじて車一台分ほどの幅の簡易舗装が施されている。ただし坂の傾斜はさほど急ではない。出発した長等神社が、すでにある程度の高みにあったのだろう。

それにしても、人のけはいのない道である。それに暗い。舗装があるとはいえ、いったいいつ人が通ったのだろう、と思いたくなるほど、さびれた道である。

この小関越えについては、近世享保年間に膳所《ぜぜ》藩によって編纂された近江輿地志略という地理書に、

東海道の官路より少し近く、藪の下にて東海道の官路に合す。此小関路は多くは樵夫芻蕘の路にして静也。

と記されている。旧逢坂越えよりすこし近道で、およそ木こり草刈りたちの道だから静かだ、

というのである。

けれども、十三世紀海道記の作者は、四宮河原からこの道をとって山を越え、大津に出ている。また近世では、天保年間に小関越えによる米輸送が禁止されていて、ということはそれまでこの道を、米も運ばれていたということになろう。さらに西国三十三所観音霊場めぐりには、園城寺観音堂から次の今熊野へ行くのに、旧逢坂越えをまわるよりこちらの方が近道だというので、この小関越えが利用されていたという。

官道であった旧逢坂越えほどの交通量はなかったにもせよ、中世近世を通してこの道には、いちがいに「樵夫芻蕘の路」とばかりは言ってしまえないような、人や物の通行があったのだ。それがいま、どうしてこんな廃道のようなさびしい道になってしまっているのだろう。

そのとき前方に、小暗い坂を下ってくる人影があった。白っぽいハイキング姿に杖、といういでたちの年輩の男性。小さなリュックを背負っている。車を認めて舗装路を譲り、落ち葉だまりの中に踏み入って杖を前に立てながら待っていてくださったのが、まことに申訳ないことであった。やはりこの小関越えの道に関心あって、山科側から峠を越えて来られたかと、ついわが興味にひき寄せて想像しながら、車上深く辞儀して行き過ぎた。この日小関越えで出合ったのは、この人ひとりだけである。車には、もちろん逢わなかった。

このような人けのなさや木深さを別にすれば、坂の勾配もさほどのことはなく、経路の曲折もそんなに強くない。もしかして、逢坂越えよりこちらの方が近道ではないのか、と尋ねると、まあ、それほどには違いませんけど、知ってる者には通りやすい道ですね、と運転手は答えた。あちら（旧逢坂越え）は坂全体が舗装ですから、すこし強い雨だと坂道が川になって車が走りにくいのです、それでダンプなんかがこちらに入ってきたりして、それは困る、この道でダンプとすれ違うの、こわいですよ、と言う。それはそうでしょう、車の道になっていないのだから、と私。もともとこちらは裏の道、抜け道なんです、だからむかしは山の中で人が殺されたり死んだりしたんだって、小さいころから聞かされてきました、峠にお地蔵さんがあります、いま通りますけど、とすこし饒舌になった。とにかく大きな車なんかに入って来られては非常に困る、それでこの道にはなにかが出ると噂が立って、いや、ほんとは地元の人が立てた噂のようですけど、と言う。なにかって、お化けとか？　追いはぎとか？　思わず聞き返すと、いえまあ、なんかこわいものが出るって噂が立って、それであんまり人が通りません、とややことばを濁した感じになった。

たぶん、彼自身が「地元の人」なのだ。この状態がいいのです、あまりよけいなものに入って来てもらいたくない、と言っているように聞こえた。

このあたりが峠です、あれが水飲み場、と徐行してくれたところは、なるほどいつのまにか平坦な道になっていた。相変わらず木立が深く小暗い。右手の道端に古びた蛇口のようなものが見える。飲めるのかしら、あれ、と腰を浮かしかけると、だめです、ずっと使われていませんから、ときっぱり止められた。

なおしばらく徐行して、こんどは車が停った。これがお地蔵さんです、と言う。左の道端に、祠とも言えないほどの小さな堂があり、素朴な石の地蔵像が祭られている。むかしこの道では、死んだ人がたくさんいたそうですから、とまたそれを言った。どうしてもこれを見せたかったもののようだ。赤いよだれかけに花立て。ごく普通の路傍の地蔵堂だが、山中廃道の小暗さとそれは、実によく似合っていた。

これが脇道というものの表情なのだろうか。この木深い山中の道にはまだ近世期の空気がこもっている。地元の人々の日常にも、おそらくまだその空気を吸って営まれている部分があるのであろう。

そのあと道は、やや急な下りとなった。両側の樹林は深いままだが、次第に谷が広くなり、狭いながら空も見える。旧逢坂越えは山科側が長くゆるやかな坂で、峠を越えてから近江側の下り傾斜が急であったが、こちら小関越えでは、近江側から峠までがゆるやかな坂で、峠過ぎての山科側が、険しい傾斜となるようだ。

下りの途中で、左へ分れる小径があった。丈高い草の中を下ってゆく急な坂。小関越えで道が分れたのはここだけである。徒歩の人ならば草を分けてその小径を下るのであろうが、車のための舗装路は右へ下っていて、藤尾奥町をまわってから先の小径に合流する。ここまで来ると谷あいながらもう人里。ただし道はまだ下り坂である。

そのまま山科駅へ向かおうとする車に、追分の方へまわってもらった。旧逢坂越えと小関越えの分れるあたりを見ておきたかったからである。しかしそのあたりは、もうまったくの住宅地であって、古道分岐の感じはどこにも残っていなかった。逢坂山もここからだと、近すぎて全体の山容がとらえにくい。

それから駅までの短いあいだに、運転手は「走り井」の月心寺がいまは尼僧寺になっていることなどを話してくれた。語り残したことをつけ加えているようにも聞えた。そして最後に、もしこののち小関越えを歩かれるおつもりなら、かならず人をお連れなさい、ひとりではいけません、と念を押すように言った。瞬時脳裏に、あのさびれた道と峠の地蔵堂とがよみがえる。ありがとう、そうしましょう、と答えて、車をおりた。

地理的条件としては官道とほとんど差のないルートであったにもかかわらず、小関越えはずっと脇道でありつづけてきたようだ。これからもこのままがいいのだと、あの小暗い道は言っていたように思われる。車の通行ばかりでなく、むやみな人の立ち入りをも拒んでいるのは、おそらくそのためであろう。旧逢坂越えはあのように明るい車の道になってしまったが、こちらはなお、歩いて山を越えようとする旅人のためにのみ、あろうとしているもののようである。

［付記］

一六頁の註に引用したとおり、木下良著『事典日本古代の道と駅』（吉川弘文館）には、鈴鹿や不破など主要交通路の交差点に位置する関は、「関」と「剗」から成っていたこと、「関」を「大関」と言い、「剗」を「小関」と言ったこと、「関」は通行者を取り締まるところ、対して「剗」には軍事的な性格があったこと、などが述べられている。また「小関」について同書は、『令集解』職員令の条文を引用した上で、

「関左右小関、亦可レ云レ剗也」とあるのは、例えば不破関は関ヶ原町松尾の東山道を扼する位置にあって、周囲に土塁を廻らすことが発掘調査によって確認されたが、関跡の東方で東山道から別れて西北に通って琵琶湖東北岸に出る後世の北国街道沿いに小関の地名が残っているが、ここに「塹柵之所」になる小関があったらしい。この分岐点で東山道と交差して東南に通る伊勢街道の道筋もあるので、それぞれの通路に剗としての小関が置かれたのではなかろうか。同様の例としては、東海道・東山道が通るいわゆる逢坂関に対して、北陸道の道筋を小関越えというのもこれに当たるらしい。（二九六頁）

とも言っている。

ここから考えるとき、逢坂山における小関越えは、まずなによりも、平安京側から来た道が逢坂山にさしかかる手前で分岐し、東海道・東山道方面へのルートと分れて直接北陸道へ入ってゆく道筋であった、ということになる。たしかに逢坂山の山科側山麓には、いまも追分という地名が残っている。逢坂山の南側を越えてゆく道と、北側を越えてゆく道とは、その追分あたりで分れていたのだ。これまで漠然と、東国への道と北国への道は逢坂山を越え逢坂関を通過してのちに東と北へ分れる、と思っていたのだが、それは単純すぎる思いこみであったと言わなければならない。

ただし、「剗」が「小関」と呼ばれ、その「剗」には軍事的な「塹柵之所」の性格があったとすれば、逢坂山の小関越えは、たれでもいつでも足の赴くままに通れる、という道ではなかったのかもしれない。道というものが「関」や「剗」によってきびしく管理されていた時代。人がどんなときにどの道をどのように通るものであったかについては、現代の感覚から安易に推測してはならない面があるように思われる。

「この道では、むかしからたくさんの人が死んでいる。」「もし小関越えを歩かれるおつもりなら、かならず人をお連れなさい。ひとりではいけません。」と言ったタクシー運転手のあのことばも、地元のみに残存している歴史の痕跡のようなものが、かれの口を通してこぼれ出てきたものであったかもしれない。

みかの原

百人一首のみかの原

題しらず　　　　　　　　　　　　　　中納言兼輔

みかの原わきて流るるいづみ川いつ見きとてか恋しかるらむ

ここには新古今集から掲出したが、むしろこれは、百人一首によって知られている歌であろう。およその歌意は、

みかの原に湧き出て流れる泉川、その名の「いづみ」の、いつ見たからというのでこんなにも恋しいのだろうか。まだ見もせぬ人のことなのに。

ということ。

まず、詠まれている地名について註しておこう。「みかの原」は「甕原」と書く。万葉集では「三香原」とも表記されている。山城国の最南部、もう大和国に隣接するところで、現在の京都府相楽郡加茂町。穏やかな山並みに囲まれた小さな盆地である。穏和でまとまりのよいその地形は、たしかに「原」と呼ばれるにふさわしい。「いづみ川」は、この小盆地を東から西へ貫流する木津川のことである。相楽郡南山城村の山地から流れ出て「みかの原」を通り、西の木津の町に出たあとほぼ直角に北へ流れを変え、井手・田辺などを通って末は大山崎で淀

川に注ぐ。この歌では「みかの原わきて流るるいづみ川」と詠まれているが、実際には「みかの原」で湧き出ている川ではない。「いづみ川」の名との関係によって、ここでは「わきて流るる」と形容されたものである。

この一首、上三句は序詞、下句でいまだ見ぬ人への恋ごころが詠まれている。いまだ見ぬ人への恋ごころ、と言えば、いまの世の人々にはふしぎがられるだろうか。どうして見もせぬ人への恋ごころがあり得るのかと。しかし千年むかしの人々は、見た人へばかりでなく、いまだ見ぬ人への恋もした。こんなひとがいるそうだ、と人伝てに聞いただけで、そのひとにあこがれた。ためしに、古今集恋の部のはじめのあたりを開いてごらんになるとよい。そこには、目に見ぬ人が恋しいとか、音（噂）にのみ聞く人に思いを懸けたとか詠まれた歌が、いくつも見られる。見もせぬ人への恋などあろうはずがないというのは、ことによると、にんげんの想像力の衰退が言わせていることばなのではあるまいか。

ともあれ右の歌が言っているのは、いつ見たというわけでもない人がどうしてこんなにまで恋しいのか、ということである。つまり歌の主意ということでなら、いまだ見ぬ人への恋情の表出、というに尽きる。けれどもこの一首には、その主意とは別にもうひとつ、これ見て、とでも言いたげにつらねられたことばのかたちがある。

それは、第三句から第四句へのことばつづき、「いづみ川いつ見きとてか」と詠まれているところだ。註釈的に言えば、「みかの原わきて流るるいづみ川」という上句は、「いつ見きとてか」を導き出すための序詞である。「いづみ」と「いつ見」。音の共通する二つのことば――この場合「づ」と「つ」の清濁のちがいにはこだわらない――を音としてくり返すことによって、歌の下句が導き出されてくるという技巧。すなわち同音くり返しの序と呼ばれる修辞法である。この技法は、和歌における修辞法としては別に特殊なものではない。またさして難度の高いものでもない。古今集のころの歌には、よく見かけるところのものである。

同音くり返しの序は、音が共通するという条件だけによって前後二つのことばをつなぐ技法だから、双方のことばに意味上の関連がある必要はない。いや、むしろそこでは、語義には関連がない方がよい。双方に語義上の隔絶や飛躍があればあるほど、この場合、レトリックとしての効果は上がる。つまり同音くり返しの序は、くり返される同音の二語の、語義上の相違の意外性によってアピールできる修辞法なのである。古今集から例をあげてみよう。

　　思ひ出づる常磐の山の岩つつじ言はねばこそあれ恋しきものを

　　葦鴨のさわぐ入江の白波の知らずや人をかく恋ひむとは

この二例に見られるように、符号を付した二語は音が同じということだけでつながれていて、意味上の相関はまったくない。「岩つつじ」が「言はねば」を導き出し、「白波」が「知らずや」を導き出す。同音でありながら語義はまったく異なるという、この変換のおもしろさが、この技法の見どころである。

ただしここで注意したいのは、同音くり返しの序においては、多くの場合、同音の二語はそれぞれ一単語ずつで対応している、という点である。「岩」と「言は」、「白」と「知ら」のように。ところが「いづみ川いつ見きとてか」の歌では、「いづみ」という一単語に対応するのは、「いつ・見」という二単語である。些細なことのようだが、これは詠歌にあたってのことばの運用として、より高度な技術と言うべきであろう。この歌は、くり返される同音二語の対応のあり方について、意図して変化をつけている。

それにそもそも、「いつ見きとてか恋しかるらむ」というこの言いまわしそのものが、かなり手だれのことばづかいではないか。見ぬ人への恋ごころの表出ということであれば、おおかたの場合、「見もせぬ人のなどか恋しき」などと詠まれかねないところである。それをこの歌は、「いつ見きとてか恋しかるらむ」と言う。その人をいつ見たというのでこんなにまで恋しいのか、というこの言い方。愚直な詠出には就かぬ、と言いたげなことば運びである。このセンスは凡庸でない。歌ことばのあり方について、安易凡俗を拒む意思のあることが感じられる。

くり返しになるが、右の歌の「いづみ川いつ見きとてか」のことばつづきは、「いづみ川」によって「いつ見きとてか」を導き出したものだと、註釈的にはそう説明される。たしかにその通りである。しかしこの歌について私は、それとは逆に、「いつ見きとてか恋しかるらむ」

の下句を言いたいばかりに、「みかの原わきて流るるいづみ川」を持ってきたのではないか、という気がしてならない。つまり作者の詠出過程では、「いつ見きとてか恋しかるらむ」の下句が先にできていて、その下句を効果的に言いたいがために、「いづみ川いつ見きとてか」という同音くり返しの技法を使ったのではないか、と。これは妄想かもしれない。しかしそんな妄想も起こしたくなるほど、この一首の下句のことばは冴えている。

さて、この歌では、作者についても言っておかねばならないことがある。

新古今集や百人一首は、これを「中納言兼輔」の歌だとしている。「中納言兼輔」とは、醍醐朝の廷臣であった藤原兼輔のことである。醍醐天皇の生母胤子の生家勧修寺家は、まことに非力弱体の外戚であったが、二七頁にも述べたとおり、兼輔はその勧修寺家の右大臣定方の従弟にあたり、終生定方をたすけて醍醐朝内廷に仕え通した人である。大和物語にいくつもの挿話が語られているが、人をよく容れ、人に慕われる人柄であったようだ。賀茂川堤に邸宅を持っていたので、当時の人々に「堤中納言」と親しみ呼ばれた。歌をよくし、三十六歌仙のひとり。家集に兼輔集がある。ところがその兼輔集の中に、この「みかの原」の歌はない。のみならずそれ以外のところにも、これを兼輔の作とする出典は存在しない。

ただこの一首は、古今和歌六帖の巻三「川」題の下に収められている。古今和歌六帖は十世紀後半に編まれた類題和歌集で、作歌の際の手引書的な性格があり、そのため、歌題を掲げて例歌を列挙するという方式で編まれている。「川」題のところでは、末尾から三十二首目のところに「かねすけ」と作者表示された歌――それはたしかに藤原兼輔の作である――があり、それにつづいて三十一首、詞書も作者名もない歌が並んでいる。いまとりあげている「みかの原」の歌は、その三十一首の歌群中にある歌である。

勅撰和歌集の編集方式を見馴れた者の眼には、この「かねすけ」の歌以下三十二首の歌群全体が、ひとまとまりに「かねすけ」の作だと見られかねないところがある。おそらく新古今集の撰者たちは、古今和歌六帖におけるこの状況を見て、「みかの原」の歌を「かねすけ」の歌だと誤認したのではないか、というのが、江戸時代の国学者契沖の見解である。

この契沖の見解には、従ってよいと思われる。実は古今和歌六帖における作者表示は、それが付された一首についてのみの表示であって、それ以後にある歌群にまで及ぶものではない。つまり古今和歌六帖は、「かねすけ」と表示したその一首のみを藤原兼輔の作としているのであって、後続歌群三十一首は、みな作者表示を持たない歌なのである。従ってその後続歌群中にある「みかの原」の歌も、古今和歌六帖の中では作者表示のない歌、すなわち作者不明の歌である。これを「中納言兼輔」の歌としたのは、契沖の言うとおり、新古今集における誤認であったのであろう。

しかし新古今集がこれを「中納言兼輔」の歌としたことにより、百人一首もまたこれを兼輔の歌として取り入れた。後代、百人一首の影響力は大きく、殊に近世以降は百人一首かるた遊びの普及浸透もあって、初句「みかの原」と聞けば、反射的に「かねすけ」と思われるまでになっている。そして私は、このことにあまり目くじら立てようとは思わない。遊びとしてのレベルでなら、「百人一首で中納言兼輔の歌とされている歌」として享受されても、それはそれでいいではないか。ほんとうは「よみ人しらず」らしいのだがと、頭の片隅で思ってくださる方があれば、もちろん、なおいいことだけれど。ここまで広く普及したこの歌に、こちたき作者調べは似合わない。それよりも、「わきて流るるいづみ川いつ見きとてか恋しかるらむ」と連ねられた、この流れるようなことばつづきの巧みさを味わってほしい。

古今集のみかの原

「みかの原」を詠んだ歌は古今集にもあって、これまた後代の秀歌撰や歌論書などによくとられている歌である。

題しらず　　　　よみ人しらず

みやこ出でてけふみかの原いづみ川川風寒し衣かせ山

詠まれているのは都を発って南へ下ってきた旅の道中の情景。この旅人は、いま大和との国ざ

かいに近い「みかの原」まで来て「いづみ川」の川風に吹かれているところだ。歌の大意は、

都を出てからきょうで三日、みかの原の泉川に来た。川風が寒いことだ。衣を貸してくれ、鹿背山《かせ》よ。

というようなこと。旅の途上詠らしく、現地の地名がいくつも詠みこまれている。

「みかの原」と「いづみ川」については、前の歌ですでに説明した。「かせ山」は、「いづみ川」（木津川）の南岸にある山で、いまも「鹿背山」と呼ばれている。標高二〇〇メートルほど。さして高からぬ山なのだが、小盆地「みかの原」の西南を限る山なので、この地にあっての存在感は大きい。しかも峯の平らな、まことにおおらかなたたずまいを持つ山だ。ただ「みかの原」を流れる「いづみ川」は、この山があるために、大きな逆S字形に蛇行しなければならない。すなわち、東の笠置山地から「みかの原」へ出てきた川は、北岸の台地をよけてすこし南へ下るが、そのあと鹿背山の東北面にぶつかり、山に押される形でその北側裾を大きく迂回する。山の西に出てこれをまわりきったところが、木津の町である。

ところで、右に示した現代語訳について、ひとつだけ言い添えておきたいことがある。多くの注釈書はこの歌を二句目で切って読み、「都を出てからきょうで三日、みかの原までやってきた。泉川の川風が寒い。衣を貸してくれ、鹿背山よ。」というような現代語訳にしている。しかしこの歌は三句切れに詠まれているのだから、正確には「都を出てきょうで三日、みかの

原の泉川に来た。川風が寒い。」でなければならない。

この歌において、「みかの原」はより広い地名、「いづみ川」はその中を流れる川の名である。このような包摂関係にある二地名――時として三地名――を、大地名から小地名へと順に言い並べ、最後に小地名の位置を示す言い方は、和歌にはしばしば見られる叙法であって、たとえば「いそのかみ布留《ふる》」とか、「菅原や伏見の里」とか、「美作《みまさか》や久米のさら山」など、その例はいくらでもあげることができる。右の歌の「みかの原いづみ川」も、一見地名と川の名を並列的に言っているように見えるが、「いづみ川」は「みかの原」の中を流れる川、そこにあるのはやはり大地名・小地名の関係である。おそらくこの歌は、「けふみかの原のいづみ川」とでも言いたかったところを、字余りを避けて「けふみかの原いづみ川」と助詞抜きでつづりたのであろう。上句からの流れで言えばこの歌は、二句目で切れてはいない。「みやこ出でてけふみかの原いづみ川」と三句切れである。従って現代語訳も「都を出てきょうで三日、みかの原の泉川まで来た。」であらねばならない。これまた瑣末なことのようだが、和歌の現代語訳にあたっては、なによりその歌自体の文脈に従うことが肝要であろう。歌の文脈は、それを詠んだ作者の、思考の流れそのものだからである。

さてここまで、この歌は都を発ってきた旅人の道中詠だ、と説明してきた。古今集も、これを羇旅の部に入れている。しかしながら旅情を述べてなお、この一首もまたいたく修辞を誇示

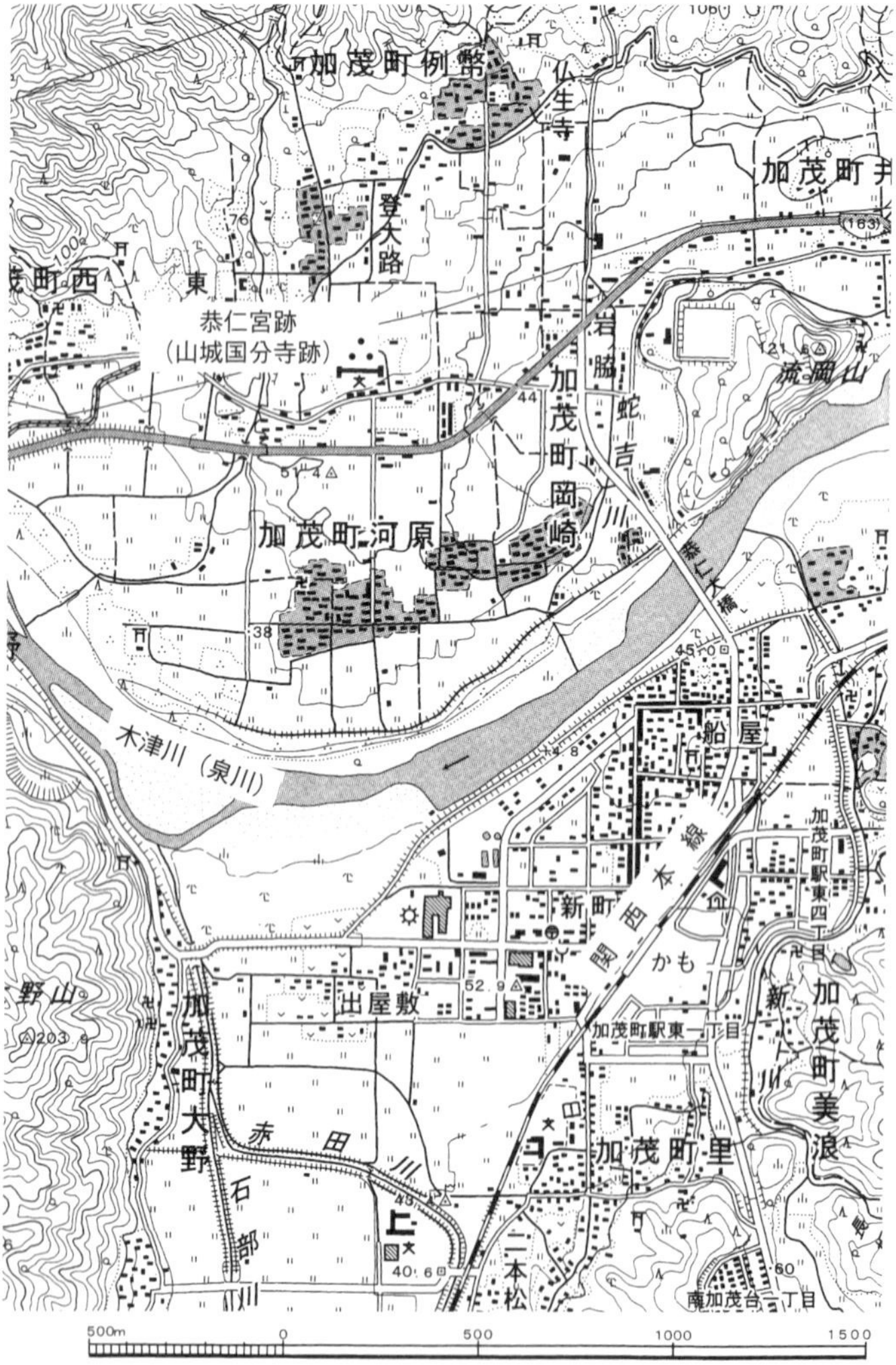
加茂町例幣
仏生寺
加茂町井
(163)
登大路
茂町西
東
76
恭仁宮跡
（山城国分寺跡）
岩脇
加茂町岡崎
蛇吉川
121.6
流岡山
44
51.4
加茂町河原
恭仁大橋
38
45.0
木津川（泉川）
船屋
関西本線
加茂町駅東四丁目
新町
かも
52.9
出屋敷
加茂町駅東一丁目
野山
203.9
加茂町大野
赤田川
石部川
加茂町里
新川
加茂町美浪
二本松
40.6
60
南加茂台一丁目
500m
0
500
1000
1500

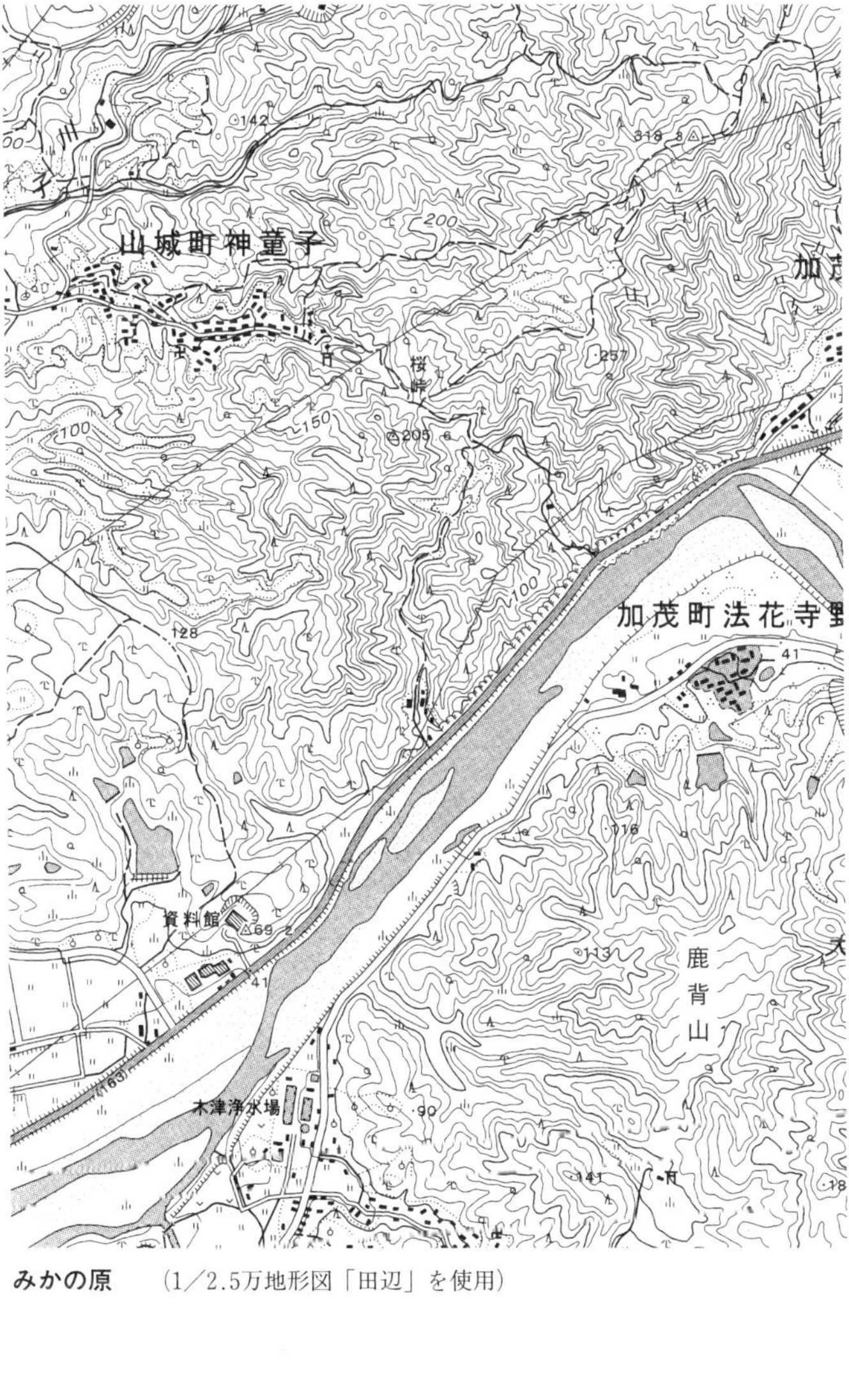

みかの原　（1／2.5万地形図「田辺」を使用）

する歌である。すなわち、「みかの原」で「三日」を言い、「衣貸せ」で「鹿背山」を言う。技巧としては極めて単純な懸詞にすぎないのだが、懸け方のわかりやすさと意外性によって、なかなかの効果を上げている。

それにしても、都を出てから「みかの原いづみ川」まで「三日」というのは、徒歩行が普通であった当時としても、ゆとりある行程と思われる。しかしながらここで、京みかの原間に三日もはかかるまい、などと咎めだてしてはいけない。「みかの原」を言うためには、ここはどうしても「みやこ出でてけふみか」でなければならないのである。このような意図ある懸詞によって詠み出された地名「みかの原」。つづいてその地を流れる「いづみ川」。読み手をばその川のほとりまで導いてきた上で、この歌はもういちど意図的懸詞によって対岸にある山の名を詠み出す。「川風寒し衣かせ山」と。こうして、「みかの原」およびその地にある川の名と山の名が出揃い、情景としては、川のほとりで風に吹かれながら対岸の山を眺めている旅人の風情が詠み出される。旅の道中詠、という形をとりながら、歌意の流れのなかにはめこんでその地の地名を器用にくり出してくるこの技巧。一種の地名連鎖とでも言おうか。この一首、実は旅してきた人の旅情詠出というよりも、この地名連鎖のおもしろさを見せたくて詠まれた歌であったのかもしれない。

さらに、この地名のくり出し方の器用さから感じられるのは、歌人の技倆練磨の成果というよりは、もっと土着的な、たとえば民謡などに見られるものと同質の、ことばの運用の達者さである。掲出したとおりこれは古今集のよみ人しらず歌であるが、修辞の面から見てもここには、古今集の古層に分厚く存する伝承歌と通底するものがあるような気がする。

見てきたように、「いづみ川いつ見きとてか」と詠まれた新古今集所載のあの一首も、「けふみかの原いづみ川」と詠まれた古今集所載のこの一首も、共にことばの技巧によって詠まれた歌である。どちらの歌も秀歌撰などにとられて、のちの代にまで親しまれてきたのは、それぞれの歌に、以上のようなことばのおもしろさ、わかりやすさがあったからにちがいない。

けれども、これらの歌が後代まで知られていったわりには、「みかの原」という地名は、あまりのちの代の歌に詠み継がれることがなかった。特に平安末期から中世初頭へかけて、古歌に典拠を持つ地名がそれぞれに歌枕としての地位を得てゆく中で、「みかの原」は、それほど著名な歌枕とはなり得ていない。「みかの原」とは和歌になじみそうな地名であり、「いづみ川」や「かせ山」など、景物としての川や山もあるというのに、なぜか後代の歌にはあまり詠まれない。

新編国歌大観で見ても、「みかの原」の詠まれた歌は、慈円・定家・家隆らにわずかな作例があるばかり。それも、よろこんで引用したくなるような秀歌ではない。ここには、家隆の一首をあげておこう。

河月

ながつきの十日あまりのみかの原川波清くやどる月かげ

歌題は「河月」だから、詠まれる河はどこの河であってもよかったわけで、ぜひとも「みかの原」の川でなければならなかったのではない。しかしこの歌は、「十日あまりのみかの原」のところに「三日」を懸けて古今集の先例に倣い、「川波」で言外に「いづみ川」を言ったつもりのようである。陰暦九月、「みかの原」をゆく川の川波に映る月かげ、という中世的情景を詠んでいるが、ここではこうした本歌取の手法そのものがかえって歌を説明的にし、平板にしている。題詠歌と言うよりほかない題詠歌。イメージとして立ち上がってくるものがない。

このように「みかの原」が、後代の歌よみたちにとって喚起力ある地名となり得ていないのは、そこがかれらにとって、もはやなんのゆかりも感じられない場所だった、ということなのであろうか。このあとかたもなさが、寂しい。

恭仁京

ところが「みかの原」は、万葉集では、長歌短歌併せて二十首近くが詠まれている土地なのである。

奈良時代聖武天皇の治世、と言えば、「咲く花のにほへる」ごとき繁栄の時代であった、として語られることが多い。その聖武天皇の代に、三年あまりという短い期間ではあったが、ここ「みかの原」は、恭仁京《くにのみやこ》の置かれた宮都の地であった。万葉集には、その恭仁京にかかわって詠まれた歌が、長歌短歌併せると二十首近くある。

都を平城京から恭仁京へ移す、との遷都の令が下ったのは、聖武天皇の天平十二年（七四〇）十二月のことであった。この新都造営にかかわって、万葉集巻六には、「讃久邇《くに》新京」の長歌が二首、それぞれに複数の反歌を伴って収められている。また巻十七にも、「讃三香原新都」の長歌とその反歌がある。ここには巻十七の歌を引用しよう。

讃三香原新都歌一首幷短歌

やましろの　くにのみやこは　春されば　花咲きををり　秋されば　もみぢ葉にほひ
おばせる　泉の川の　上つ瀬に　打橋《うちはし》わたし　淀瀬には　浮橋わたし　ありがよひ
つかへまつらむ　よろづ代までに

反歌

たたなめて泉の川の水緒《みを》たえずつかへまつらむ大宮どころ

右天平十三年二月右馬頭境部宿祢老麿作也

左註によれば、これが詠まれたのは天平十三年（七四一）の二月、すなわち遷都の令が下ってから二か月後、という時期である。おそらく宮域は築造工事がはじまったばかりのところであったろう。作者は右馬頭の任にあった境部宿祢老麿という中級官僚。新京と定められた「三香原」の地をほめ讃え、宮都の永遠ならんことを願っている。現地の「泉の川」の名も詠み込まれていることを見ておこう。これと同様の恭仁新京奉祝の姿勢は、巻六の長歌二首にはより顕著に認められ、それらの反歌では、「みかの原」「泉川」「ふたぎ山」「かせ山」などの現地名が詠まれている。このような都ぼめ土地ぼめのことばは、万葉集ではいわばきまりごとのような一面があり、特に恭仁新京なるがゆえの慶賀と受取る必要はないが、それでも新京への奉賀のこころは、充分に感じとることができる。

ところが、このようにほめ讃えられながら造営のはじまった恭仁新京であったのに、続日本紀によれば、二年後の天平十四年（七四二）十二月には、なぜか造営中止の令が下った。またそれと前後する時期、聖武天皇は近江紫香楽宮への行幸をくり返したり、そこに盧舎那仏大像を造立しようとしたり、なにか落着かない。

一方恭仁京では、造営中止令のあった翌月、すなわち天平十五年（七四三）正月に、大極殿など主要殿舎が完成している。また万葉集によれば、その年の八月十六日には、大伴家持が、

いま造る久邇のみやこは山川のさやけき見ればうべしらすらし

という恭仁京への頌歌も詠んでいる。時系列で言えばこれらのできごとは、造営中止令よりのちのことである。このころの恭仁京造営の進行状況と聖武天皇の行動とのあいだには、不審な齟齬乃至混乱が見られる。

不審な混乱はなおも尾を曳き、翌天平十六年（七四四）二月には、唐突に都が難波へ移された。遷都にあたって天皇は、百官および市人たちに、恭仁京と難波といずれを都とすべきか、と下問している。恭仁京、という答が大勢であったにもかかわらず、それを押し切る形で難波への遷都が強行された。それればかりではない。それから一年後の天平十七年（七四五）五月、天皇はいったん恭仁京を経た上で、結局、もとの平城京へ帰還するのである。

なにがこのように複雑な経過をあらしめたのか、事情はよくわからないが、ただ、この時期の聖武天皇の周辺がなにか不安定であったらしいことだけは、充分に推測できよう。そしていまここではっきりと確認しておきたいのは、「みかの原」に営まれた恭仁京が、わずかに三年あまりで、それも宮都としての完全な姿を整えおおせぬうちに、簡単に放棄された、ということである。言い添えておけば、恭仁京に完成した大極殿は、その本来の役割をほとんど果すことがないままに、のちに山背国国分寺へ施入され、その金堂となった。いま加茂市の恭仁京跡地には、その金堂礎石の一部だけが残っている。

万葉集巻六には、廃都となったのちの「みかの原」を詠んだ長歌一首と、その反歌二首がある。引用しよう。作者は不詳である。

春日悲傷三香原荒墟作歌一首并短歌

みかの原　くにのみやこは　山高み　川の瀬清み　住みよしと　人は言へども　ありよしと　われは思へど　古りにし　里にしあれば　国見れど　人も通はず　里見れば　家も荒れたり　はしけやし　かくありけるか　みもろつく　かせ山のまに　咲く花の　いろめづらしく　もも鳥の　声なつかしく　ありがほし　住みよき里の　荒るらく惜しも

反歌二首

みかの原くにのみやこは荒れにけり大宮びとのうつろひぬれば
咲く花のいろはかはらずももしきの大宮びとぞたちかはりける

長歌は、かつて「山高み　川の瀬清み」と讃えられた恭仁京が、いまは「人も通はず」「家も荒れたり」という状態でうち棄てられていることを「悲傷」している。「荒墟」となった宮跡に立っての現地詠と思われ、「かせ山」を眼前に見ての作であったろう。反歌二首も、やはり同じく廃都悲傷のこころを詠んでいる。なお、反歌のうち一首目の歌は、のちに定家によって新勅撰集に収められた。

ここまで見てきたとおり、万葉集で「みかの原」を詠む歌は、宮都としての恭仁京にかかわって詠まれており、それは、新京造営を奉賀する歌と、廃都となったのちを悲しむ歌とに、はっきりと二分される。わずか三年ばかりを隔てて存する新京讃歌と廃都悲傷歌、万葉集の中での恭仁京のおもかげは、あまりにその落差が大きい。

なお補足すれば、さらにいま一首、それらとは別種の「みかの原」の歌が、巻四に見られる。神亀二年（七二五）笠金村によって詠まれた長歌がそれである。神亀二年とは、聖武天皇の治世二年目、「みかの原」に恭仁京が造営されはじめるより十五年前のことだ。もともとここ「みかの原」の地には、聖武天皇の祖母であった元明天皇の代から、離宮としての甕原宮があった。元明・元正両女帝は、平城京からその離宮へしばしば行幸している。のちに聖武天皇がそこを宮都としようとしたのも、祖母元明天皇の代からの離宮のあった地として、「みかの原」に親しみを持っていたからであったろう。神亀二年、聖武天皇自身がその甕原宮へ行幸した。このとき、これに従駕した笠金村は、その地でひとりの娘と一夜を共にしたらしい。明けての ちの恋の思いを詠んだのが、巻四にあるその長歌である。従ってそれは、恭仁京の造られる以前のものであり、内容としても直接甕原宮にかかわるものではない。しかしその冒頭は、

みかの原　旅の宿りに　たまほこの　道の行きあひに

と、「みかの原」の地名を言うことによって詠みはじめられている。恭仁京とはかかわりのない一首だが、万葉集の中で「みかの原」の詠まれている歌としては、やはりこれも加えておかねばならない。

かくして、万葉集にある「みかの原」の歌は、そこに恭仁京が置かれたことにより、またそれ以前に甕原宮という皇室離宮があったことの縁により、詠まれたものばかりである。

しかし考えてみれば、その「みかの原」の地は、元明・元正・聖武の三代以外には、特に朝廷とのかかわりの深かったところというわけではない。また聖武天皇の恭仁京にしても、わずか三年余の不安定な都にすぎなかった。歴史の動きにほとんどかかわることがなかったという点でも、天智天皇の近江大津宮などよりはるかにその影が薄い。そんな「みかの原」。万葉集には長歌短歌併せて二十首近く詠まれていると言ってみても、それだけでは、後代の和歌に詠み継がれてゆくだけの影響力は持ち得なかった、ということであろうか。

万葉集の「みかの原」の歌は、その後の和歌には影だに及ぼしていない。先に読んだ「いづみ川いつ見きとてか」の歌にしても、「けふみかの原いづみ川」の歌にしても、恭仁京や甕原離宮とはまったくかかわりのないところで詠まれた歌である。そこに、万葉集とのつながりなど認めることはできない。万葉集の中の「みかの原」の歌と、古今集・新古今集の「みかの原」の歌。この両者は、和歌史の中では互いに接点を持つことなく、かけ離れて存在している。

それにしても、「みかの原」に都を置いたころの聖武天皇の動きは、まことにわかりにくい。この遷都は、聖武天皇治世六年目に筑紫で起った藤原広嗣の乱を契機としている、と言われている。たしかにその乱の発生直後、天皇は平城京を去り、東国への巡幸に向かった。なにゆえの東国行きだったのかはっきりしないが、少なくともこのときの聖武天皇が、平城京にとどまることに不安を覚えたらしい、と想像することは許されるであろう。乱は現地筑紫においてほどなくとり鎮められ、広嗣は捕われて斬られた。にもかかわらず天皇は、平城京へ引き返していない。旅は名張・伊賀を経て伊勢へ越え、伊勢湾沿いを北上したのち尾張に入り、美濃を通り不破を越えて近江へと、十か月にも及ぶ長期長途の巡幸となった。

そして近江国に来たところで恭仁京への遷都を決定、もう平城京へはもどろうとせず、そのまま造営のはじまったばかりの恭仁京に入る。しかもその恭仁京がわずか三年余にして放棄されたこと、先に述べたとおりである。

そのころの聖武天皇は、紫香楽宮への行幸をくり返してみたり、そこに盧舎那仏の大像を造ろうとしてみたり、恭仁京にとどまりたいという百官・市人たちの希望を無視する形で難波への遷都を強行してみたり、かと思えばそこも一年ばかりで立ち去って、結局、恭仁京を経た上でもとの平城京に落着く。この間、民意かならずしも天皇の側についてはいない。国費のついえも莫大であったろう。紫香楽ではしばしば山火事が発生し、これは不満を抱く者の放火ではなかったか、と言われている。最後に天皇が、難波から恭仁京を経て平城京へ帰還することになったとき、木津川の泉橋を渡る行幸の列に向って、人々は歓呼したという。民意ははじめから平城京であったのだ。平城京を出てからふたたび平城京にもどるまでの五年間。この時期の聖武天皇の軌跡は、まさしく彷徨としか言いようがない。天皇はこのころ、いったいなにに脅えていたというのであろう。

奈良時代。たしかにそれはこの国古代にあって、極めて大きなスケールの国家経営の行われた時代であった。殊に聖武天皇は、全国に国分寺・国分尼寺を創設したり、都の東に盧舎那仏像を造立したり、仏教を通して、この地上に光明世界の理想を実現しようとしたかに見える。正倉院に遺る御物や天平仏たちの圧倒的な量感に接するとき、それは今日からは及びもつかぬほどのエネルギーに満ちた時代だったのだ、と思わずにはいられない。

しかし反面、思えば奈良時代はわずかに七十年。七十年とは、現代で言えば人ひとりの生涯よりも短い歳月である。その七十年のうちに天皇治世は七代も改まり、しかも七代のうち四代までがやむをえずしての女帝であった。結局平城京の時代は、聖武天皇ひとりのためだけにあったような、不自由な時代ではなかったか。時代の背景には、皇親勢力と新興藤原氏との容易ならぬせめぎあいがあり、長屋王の変など、皇嗣をめぐっての事件がくり返されている。律令国家の帝王、というたてまえを貫き通しながら、聖武天皇の代には、揺れていた部分が決して少なくないのだ。束の間の「みかの原」の宮都。それもまた、揺れていた部分のひとつであったように思われてならない。

妹背の山

万葉集の妹勢能山

妹背の山について言おうとするならば、万葉集の「せの山」のことから始めなければならない。せのやま。漢字を宛てては普通「背山」だが、万葉集では「勢能山」と表記されている場合が多い。この稿でも万葉集については、その文字を使いたい。

勢能山のありかは、紀伊国である。現在の行政区画で言えば、和歌山県伊都郡かつらぎ町。紀川の北岸に、山裾を川波に洗われながら立つ山だ。高さは一六〇メートルほど。高くはない。むしろ低い小山である。

紀伊国と和泉国のあいだには、和泉山地という大きな山塊が横たわり、両国を境している。この山地から紀伊側へ分れ出る一支脈がやがて紀川につきあたる。その最先端の小山が、勢能山である。勢能山は、東面と南面がややそそり立つ峯を成しており、その峯はいま鉢伏山と呼ばれている。山の東麓には背ノ山という小集落がある。南は急傾斜で直接紀川だ。西側には山に沿って穴伏川という川が流れ、勢能山の南西裾で紀川に流れ入る。穴伏川沿いにはいくらか平地がある。紀川と穴伏川の合流点に面する勢能山南西斜面には、傾斜地なりの段々に人家があり、これが高田という集落である。

勢能山の名は、古くは日本書紀に出てくる。すなわち孝徳天皇紀大化二年（六四六）春正月甲子朔条。この日発せられた詔には、畿内の四至を、「東は名墾《なばり》の横河、南は紀伊の兄山《せのやま》、西は赤石《あかし》の櫛淵、北は近江の狭々波合坂山《さざなみのあふさかやま》」とすることが示されている。ここに畿内南限の地としてあげられている「紀伊の兄山」が、万葉集の勢能山である。

もうずっと以前のことになるが、この詔における畿内四至の定めをはじめて知ったとき、実は心中いささかの不審を覚えた。東の名張、西の明石、北の逢坂山は、地理的にも歴史的にも必然性のある地だと思われる。しかし南がなぜあんな僻地の勢能山なのだ、と。ただしこの不審は、詔が発せられたとき都は難波にあった、とわかって氷解した。

発詔の前年六月、飛鳥板蓋宮では、中大兄皇子や中臣鎌足らによって蘇我入鹿が誅せられ、蘇我氏の本家一族は滅亡した。いわゆる大化改新のはじまりである。その年の十二月、都は難波の長柄豊碕宮へ移され、明けて正月、右の詔が発せられたのであった。間を置かずに次々と打たれてゆく施策に、改新政府の意気込みが感じられる。この詔でかのように畿内の四至が示されたのも、これによって畿内畿外の分ちを明確にし、京師を中心として畿外に国・郡・里を配するという、中央集権的新統治体制を確立せんがためであった。

当時、首都を難波に置いての畿内とは、大和・山背《やましろ》・摂津・河内の四か国がその範囲であった。ただしこの時期の河内国は、のちの和泉国までを含んでいたから、河内国の南側は全面的

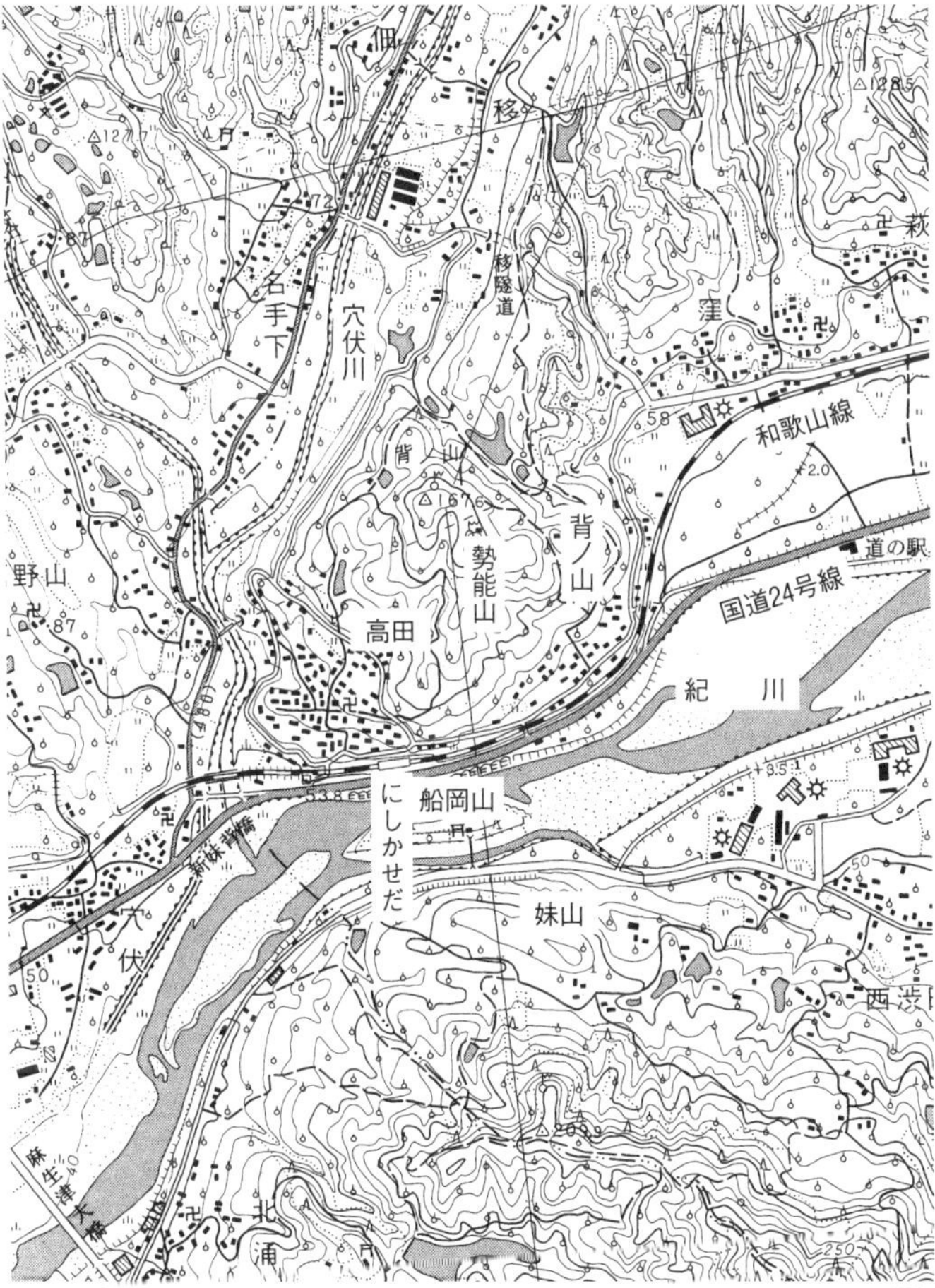

紀伊　妹勢能山　（1/2.5万地形図「粉河」を使用）

に紀伊国に接していた。そして、改新詔によって畿内四至の地とされた北の合坂山、東の横河、西の櫛淵は、いずれも山背・大和・摂津という畿内国を一歩出たところ、すなわち畿内三か国の隣接地である。同様に紀伊の兄山もまた、当時の河内国を南へ一歩出たところであり、畿内国の隣接地にあたる。となればそこが、合坂山・横河・櫛淵と並んで畿内南限の地とされたことに、なんのふしぎもない。

つけ加えておけば、紀川に沿ってその北岸には、都が大和にあったころからの古道が通っており、以下に述べるとおり、それは紀伊の兄山を越えていた。また、木下良編『古代を考える古代道路』（吉川弘文館）所収の「古代道路研究の近年の成果」という木下氏の論考によれば、氏は「難波京から畿内の南の境界〈紀伊の兄山《せのやま》〉にいたる古道」として「西高野街道」があったことを想定しておられる（同書一〇頁）。すなわちそのころ、難波を出て河内国を南下してきた道があり、その道は、和泉山脈を越えてこの兄山のほとりで大和からの古道に合流していたわけである。いまは僻地の小山だが、やはり当時の兄山は、北の逢坂、東の横河、西の櫛淵と並んで、畿内南限を扼する交通上の要衝であった、ということである。

さて万葉集には、この勢能山を詠んだ歌が十三首ある。うち単独で勢能山の名のみを詠むものが六首、妹山と対をなす形で勢能山を詠むものが二首、このうちの一首は長歌である。また、

「妹と勢能山」とか、「妹勢能山」のように両山をひとまとめの語にして詠んだものが五首ある。これらのほかに、妹山の名だけを詠んだ歌も一首ある。

万葉集の勢能山の歌を読んでいてまず気がつくことは、それが紀路の旅の途上において「越える山」として詠まれている、ということである。

具体例で見てみよう。たとえば巻一にある阿閇皇女の歌。これは、持統四年（六九〇）に持統天皇の紀伊行幸に同行して、皇女自身が勢能山を越えたときの詠である。

越勢能山時阿閇皇女御作歌

これやこの大和にしてはあが恋ふる紀路にありといふ名に負ふ勢能山

作者阿閇皇女は持統天皇の妹であるが、姉持統天皇が故天武天皇とのあいだに成した草壁皇子と婚姻し――つまり叔母と甥の婚姻である――一子軽皇子（のちの文武天皇）をもうけ、この行幸の前年、夫草壁皇子と死別している。これがまあ、大和にいたときわたしがあれほど恋しく思った勢能山なのか、と詠んだ皇女のこころには、亡き夫《せ》を恋う思いが強くあったのだと推測される。言い添えておけばこの阿閇皇女は、後年わが子文武天皇が早逝したあとに登極して、元明天皇と呼ばれることになる女性である。

右の歌が「紀路にありといふ名に負ふ勢能山」と詠んでいるそのことばから、当時の勢能山は、紀路にある山として都までその名が知られていた、ということがわかる。あの改新の詔が出されたとき難波にあった都は、その八年後、斉明天皇によってふたたび飛鳥へもどされており、この歌の詠まれたときの首都は飛鳥清御原宮であった。しかし都が飛鳥にもどされても、いや飛鳥にもどされたがゆえに、紀川北岸を西へ下る古道は紀路としての重要度を増し、勢能山はその紀路の途上にある山として、いよいよ「名に負ふ」山となっていたはずである。

巻九には、大宝元年（七〇一）冬十月、持統上皇とその孫――妹が生んだ皇子という意味では甥にあたる――文武天皇とが紀伊に行幸した際、従駕の者たちが詠んだという十三首があり、その中に、次のような勢能山越えの一首が見られる。

勢能山にもみぢつねしく神岡の山のもみぢはけふか散るらむ

「神岡」とは、飛鳥の神奈備山（雷丘）かと言われる。すなわち、旅の途上勢能山に散るもみじ葉を見て、飛鳥の神岡にも紅葉が散っているであろうかと、都を偲んだ旅情の詠だ。

このほか勢能山越えの歌としては巻三に、

小田事勢能山歌一首

真木の葉のしなふ勢能山しのばずてわが越えゆけば木の葉知りけむ

があり、同じく巻三には、丹比真人笠麿と春日蔵首老という二人が、勢能山を越えながら詠み交したという、次のような二首もある。

たくひれのかけまくほしき妹の名をこの勢能山にかけばいかにあらむ

　よろしなへわが背の君が負ひ来にしこの勢能山を妹とは呼ばじ

丹比真人笠麿の歌が、この勢能山の名を「妹《いも》」と変えてみたらどうだろう、と言っているのに対して、春日蔵首老は、いや、これまでずっと「背《せ》」の名を負うてきた山なのだから、そういうわけにもいくまい、と応じている。勢能山を越えるということに触発されたやりとり。紀路の勢能山は、そこを越える旅人たちからこんなたわむれ合いを引き出すこともあるような、そんな山でもあったらしい。

　勢能山は、南斜面の急な傾斜が、そのまま紀川へ落ちる川である。それゆえ大和と紀伊を結んで紀川北岸を行く道が、そのまま川べりを通って行くことはむずかしい。おそらく古代の道は、勢能山を中腹まで登って越えるか、山の北を迂回するか、いずれにしても川べりを離れて通らなければならなかったはずである。後述（一一九頁）するが、現在でも村人たちの利用する旧道は、勢能山南面に巻きつくようにして高い中腹あたりを通っている。古代南海道の紀川べりをゆく道にあって、小山ひとつが行く手を阻んでいるのはここだけである。紀路を行く者にとって勢能山は、どうしても「越え」ざるを得ない山であった。

　勢能山が、紀路にある山として都まで知られていたのは、なによりも、こうした地理上交通上の条件による面があったように思われる。つまり「越ゆ」べき地点としてマークされていた山。それはさほど高い山でもなく深い山でもないのだが、川べりを塞いで立つ山ゆえ、どうしても「越え」ねばならぬ山であった。右にあげた歌には、多くの場合題詞に「越勢能山」の文字がある。勢能山を越ゆ。このことばは印象的だ。紀路にあって勢能山は、なによりもまず「越ゆべき山」であった。万葉のころの人々は、ここぞ勢能山、と思いつつそこを越え、かつ歌を詠んだのであった。

けれどもまた、それとは別に、勢能山にはいまひとつの顔がある。それは「妹山」と結びついて詠まれる勢能山、すなわち「いもせの山」という顔である。

たとえば、先にあげた阿閇皇女の一首も、「せ」に対する「いも」の追慕のこころをこめた歌であった。丹比真人笠麿と春日蔵首老の唱和も、「いも」と「せ」という対比をふまえた上でのたわむれであった。

もと「いも」とは、男性が自分の女きょうだいのことを呼んだことばであり、「せ」とは、女性が自分の男きょうだいのことを呼んだことばである。ただし和歌の中では、親しい間柄にある男女のあいだでも使われ、恋人関係・夫婦関係の場でも使われて、後代「いもせの仲」と言えば、もっぱら夫婦関係を意味することばと思われるようになった。いずれの場合も「いも」と「せ」は互いに対応し、結びつき、依存し合うことによって成立つことばである。

「いも」と「せ」がそのようなものであったとき、川の両岸にほぼつり合った形の二つの山があって、しかもその一方が「せの山」という名であったならば、対する他方が「いもの山」と呼ばれるようになるのは、当然の成行きであったかもしれない。

紀伊の妹山は、紀川をへだてて勢能山の対岸にある丘がそれだ、と言われている。私は平成二十年（二〇〇八）四月と二十二年（二〇一〇）の三月に現地に行ってみたが、妹山と呼ばれるその丘は、勢能山よりはやや低く、また勢能山のようにはっきりとした峯を成してはいない。それは南の紀伊山地から分れ出てきた一支脈の先端であって、勢能山側から川越しに望むときは、頂の平らな横長の丘としか見えない。川へ向かってせり出してくる支脈を、横からの角度で見ることになるからである。

万葉集において勢能山は、「いもせ」の概念にかかわりなく、ただ勢能山としてだけ詠まれることがある。しかし妹山は、つねに「いもせ」の関係においてのみ詠まれている。この状況からして、この地ではもと勢能山という山だけがあって、妹山はあとからそれにこと寄せてつけられた名ではないか、と私はひそかに思っていたのだが、現地の地形を見ていっそうその感を深くした。ただしこのことは、すでに本居宣長が言っていることなので、これについては後の項で述べたい。

万葉集において勢能山は、妹山の存在とかかわりなく、単独で勢能山として詠まれ得る山である。しかしまた、妹山の対として「いもせ」の関係で詠まれる場合が多いことも、事実である。「いもせ」という二山一対の関係は、万葉集においてすでに充分に成熟している。もし勢能山の名に導かれて妹山の名が生まれたのだとしたら、それは万葉集よりはるかに遠い上代のことであったろう。

では、万葉集巻七から、両山が「いもせ」の関係において詠まれている歌を、いくつか抄出しておこう。いずれも作者不詳の歌である。

おほなむちすくなみ神の作らしし妹勢能山を見らくしよしも

「おほなむち」とは大国主命のこと。その大国主命と少彦名神がこの妹勢能山を作った、と詠んでいるが、記紀神話にそのような話は見えず、今ではこの歌が、その伝説の源とされているようである。

人にあらば母がまな子ぞあさもよし紀の川の辺の妹と勢能山

もしこれが人であったならば、母にとっては最愛の子たちであろうよ、紀川のほとりの妹山と勢能山は、と詠んだ歌。ここでは「いも」と「せ」が、その原義の「きょうだい」の意で用いられている。

勢能山にただに向かへる妹の山ことゆるせやも打橋《うちはし》わたす

妹山は、勢能山に言い寄られて許したのかな、あいだに打橋が渡してある、と詠んでいる。「打橋」とは、かりそめに架けた橋のこと。二つの山を擬人化して、恋の関係が成立したようだな、と眺めた歌である。

　わぎもこにあが恋ひゆけばともしくも並びをるかも妹と勢能山

旅して妹勢能山のほとりを行きながら、家に残してきた妻を恋う男の歌。羨しいことよ、妹山と勢能山はあんなに仲良く並んでいるではないかと、こらえかねたような妻恋いのことばがつらねられている。

妹山という山と組み合わされて詠まれるとき、当然のことながら勢能山は、濃厚に人事色を帯びる。万葉集で勢能山は、まず紀路にあって「越ゆべき山」として名を得ていたのであったが、対岸に妹山という名の山を持つことにより、それに相対し、結びつき、依存する性格を帯びるようになった。にんげんの世界にあるとき、勢能山は、どうしても妹勢能山にならなければならなかったもののようである。

吉野の妹背の山

万葉集における勢能山あるいは妹勢能山は、紀伊国にある。このことに例外はない。しかしその一方で、和歌に出てくる妹背の山の多くが吉野のものとして詠まれていることもまた、否定すべくもない事実である。

吉野の妹背山が詠まれるとき、その源にあるのは、古今集の次の一首である。

題しらず　　　　　　　　　　よみ人しらず

流れては妹背の山のなかに落つる吉野の川のよしや世の中

古今集恋の部の最後に置かれた歌として、よく知られている一首だ。そのため、古来多くの注釈者によって、こまごまと読み込まれてきた歌でもある。

しかし、本来これは極めて単純な歌だ、と思う私は、平野由紀子氏の次のような読みに、深く共感するものである。

この歌はそれまで様々な恋愛の諸相を展開させてきた恋部の閉じめにあって「よしや世の中」「ええいままよ、男と女の仲はこういうものさ」という諦めの溜息の混じる歌である。「いもせの山の中に落つる吉野の川の」までは音の類似から副詞「よしや」を導く序詞であって、序詞は歌の主意には直接関らないのが普通である。従って、この歌の「いもせの山」に「夫婦」の意が懸けてあるのではない。「世の中」だけで「男女の仲」は表されているのである。（「『いもせ』考」お茶の水女子大学　女性文化資料館館報4号）

つまりこの歌が言いたいのは、第五句だけである。えい、ままよ、男と女のことは結局こういうものさ、と。「こういうもの」とは、古今集にあっては、この一首の直前までにさまざまくりひろげられてきた恋の部三五九首の、恋の諸相すべてをさしている、と見るべきであろう。

「世の中」ということばは、それだけで「男女の仲」を意味した。「よしや世の中」。こんなものなんだ、男女のことは。古今集自身が恋の部全体を総括してみせた最後のひとことがこれであると、私もまたそう考えている。

　そのひとこと「よしや世の中」を言うために、この歌は四句二十五音という非常に長い序詞をその前に置いた。その置き方は、「吉野の川のよしや世の中」という同音くり返しの手法。「吉野の川」の「よし」をくり返すことによって「よしや」を言い出したわけである。ただしその「吉野の川」を言うためには、さらにその前に、「流れては妹背の山のなかに落つる」という三句の説明を置かなければならなかった。吉野川は妹背の山のなかを流れる川であったから。つまりこの歌が、歌として「よしや世の中」のひとことを言うためには、これだけの長さの前置きが必要だった、ということである。

　この歌のかように長い序詞には、修辞上の必要という以上にいかなる意味もない。そして平野氏のことばどおり、「序詞は歌の主意には直接関らないのが普通」である。ここに置かれたこの長い序詞は、言ってみれば和歌という詩型が、詩であるために要請した修飾句。「よしや世の中」をもっとも効果的に言うためのレトリックである。この序詞部分にあれこれと過剰な意味づけをするのは、悪しき深読みと言うの外ない。

　しかしながら、その序詞の中に言われている「吉野の川」が「妹背の山のなかに落つる」川だということになれば、修辞の技法や歌意の解釈とは別に、妹背の山の所在にかかわって問題が生ずることになる。

すでに見てきたとおり、万葉集の妹勢能山は、紀川を中にしてその両岸に相対する山であった。しかし古今集のこの歌に詠まれた妹背の山は、そのあいだを「吉野の川」が流れる山だという。となれば、古今集の妹背の山は吉野の山であるはずで、事実吉野には、妹山と背山という二つの山が、川をへだてて存在する。

ここで、紀川と吉野川の関係を言わなければなるまい。紀川と吉野川。異なる名で呼ばれているが、周知のとおりこれはひとすじの同じ流れである。その源は大台が原と吉野山地。大和国吉野の谷々を流れ落ちたのちに紀伊国に入り、いわゆる中央構造線に沿って西へ流れ、末は紀伊水道に入る。全長約一三五キロメートルの一級河川。これが大和国を流れるあいだは吉野川と呼ばれ、紀伊国に入ってからは紀川と名を変える。万葉集の妹勢能山は、その紀川の両岸にある山であった。

対して古今集の妹背の山は、そのあいだを吉野川が流れる山である。現在の地名で言えば吉野上市《かみいち》の東方、川の北岸の大字河原屋というところに妹山があり、南岸の大字飯貝というところに背山と呼ばれる山がある。

近鉄吉野線大和上市駅でおりると、すぐ前が吉野川である。川沿いの国道を川上に向かって

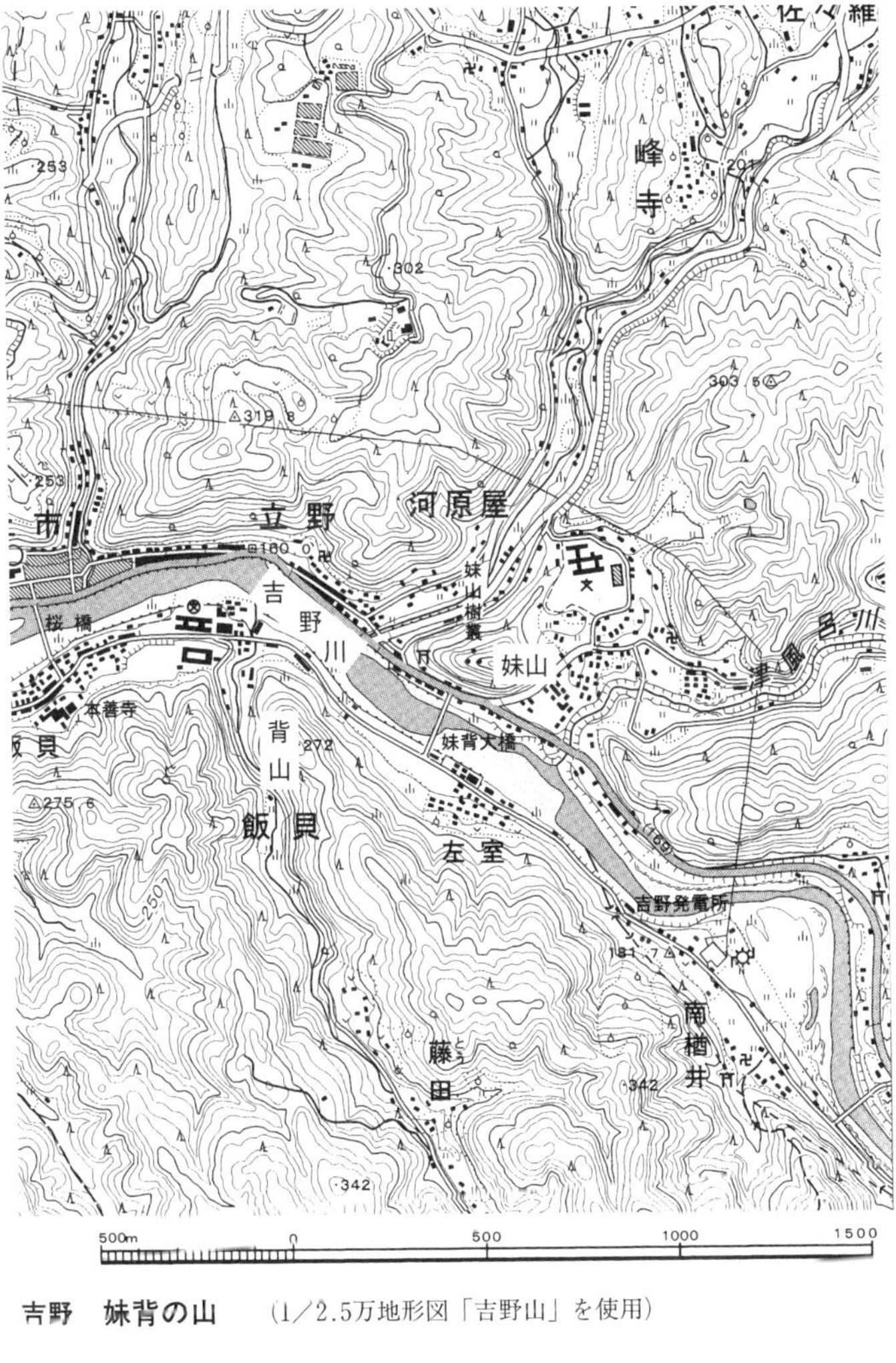

吉野　妹背の山　（1／2.5万地形図「吉野山」を使用）

歩いて行くと、前方の北岸に、こんもりと濃い緑を繁らせた、きれいな円錐型の小山が見える。これが妹山。底面積はさほど広くないのに高さは二六〇メートル。しかも一峰だけ孤立する山だから、それになにより、そこの樹相はまわりとまるで違うから、探さなくてもひとりでに眼に入ってくる。全山が特殊暖地性植物の樹叢で、国の天然記念物に指定されている。

もう三十年以上のむかしになるが、はじめて吉野の妹山を見たときの強烈な印象は、いまに忘れない。山の色がまるで違う。くろぐろと深い緑。それもぎっしりと密生している。それゆえいっそう、幾何学的に尖ったその円錐型が際立つのだ。小さな山なのにいみじき存在感。その後幾度行ってみてもその小山は、いつも強い表情でもってそこに立っている。

ある年、それはまだ昭和という年号のころであったが、龍門寺跡への登り口まで乗った地元タクシーの運転手が、こんな話をしてくれた。妹山にはむかしから斧が入れられたことがない。だれも足を踏み入れた者がいない。先ごろ天皇が見えたとき、山の西側に少しばかり道をつけて中に入られたが、そのあと道を鎖したら山はすぐもとにもどった、と。

地元の人々にとって妹山は、今もなお太古のままの畏怖と禁忌の山であるらしい。「いも山」とはもと「忌山《いみやま》」であった、という伝承もあるようだが、それも一概に俗説として斥けるわけにいかないような気がする。山裾の国道沿いに大名持神を祭る社があるが、そこもかぶさるような深い樹林の中である。

川下から歩いてきて妹山の姿に奪われた眼をすこし右へ移すと、川の南岸に、妹山とほぼつり合ってそれよりも幾分高い山があることに気づく。これが背山。しかし歩み進んで人名持神社のあたりから対岸を見ると、ここでも向かいの山は、頂の平らな横長の丘としか見えない。紀伊の妹山と同様、川へ向かってせり出してきた山地の支脈を、横から見ることになるからである。吉野の妹背山は、川下の上市側から見るとき、もっともきれいな一対に見える。

右に述べたような妹山の存在感の強さからして、吉野では、妹山という山があったことによって対岸の丘が背山と呼ばれるようになったにちがいないと、紀伊の妹勢能山の場合よりもはるかに強く、私はそう思う。おそらく紀伊でも吉野でも、「いもせの山」は最初から「いもせ」としてあったのではあるまい。紀伊では勢能山という山があったことにより妹山がその名を得、吉野では妹山という特異な山があったことにより背山がその名を得たにちがいない。これは両方とも、現地を見ていよいよその感を強くしたことである。そう思う確信の度合は、紀伊より吉野の方がはるかに強い。

さて、古今集に詠まれた妹背の山は、吉野にあるこのような山である。その歌は、恋の種々相を総括するのに、妹背の山のなかを流れる「吉野の川」にこと寄せて、「よしや世の中」のひとことをもってしたのであったが、この古今集の一首は、以後の和歌世界に、まことに大きな影響を及ぼすことになる。すなわち、古今集以後に詠まれる妹背山の歌は、そのほとんどが古今集のこの一首を本歌として詠まれてゆく。

たとえば小野篁集。そこで最初に出てくる一対の贈答歌がそうである。

中にゆく吉野の川はあせななむ妹背の山を越えて見るべく

妹背山かげだに見えでやみぬべし吉野の川は濁れとぞ思ふ

先の歌は、篁に擬せられる男が異母妹に思いを懸けて詠んだ歌、後の歌はそれを異母妹がいなした歌である。男の歌は、「流れては妹背の山のなかに落つる吉野の川の」というあの長い序詞を確実にふまえて詠まれており、妹の返歌もまたそれをしっかり受けて詠まれている。古今集の歌のないところでは、成立のしようのないやりとりだ。この一対は、のちに第十四番目の勅撰集玉葉集に収載されている。

また枕草子にもよい例がある。「里にまかでたるに」と語り出される一段で、清少納言は、前夫にあたる橘則光へ次のような歌を送りつけている。

くづれよる妹背の山のなかなればさらに吉野の川とだに見じ

わたしたちの仲はもうくずれてしまった妹背山のようなものですから、以後あなたを見かけても、ああ、あの人だな、などとは思いますまい、というあいそづかしの歌である。「川とだに見じ」に「彼《か》はとだに見じ」が懸けてある。言うまでもなく古今集の歌を下に敷いた歌。ただし、和歌がなにより苦手という則光は、これを見たのかどうか、返事もよこさなかった、と清少納言は書いている。

時代はずっと下って、平安末期の歌人慈円は、古今集のあの一首そのものを歌題として、次のような歌を詠んだ。

わが涙吉野の川のよしさらば妹背の山のなかに流れよ

と。古今集のあの一首は題詠時代の題詠歌の中でも、このように生きつづけている。慈円のこの歌は、のちに千五百番歌合に組み入れられ、さらに第十一番目の勅撰集である続古今集恋の部にも収載された。

中世以降の勅撰和歌集について見ると、「吉野の川」「妹背の山」の組み合わせで詠まれた歌を、八首拾うことができる。これに、「なかなる川」とか「なかにゆく水」「なかの瀧つ瀬」など川のイメージを伴う「妹背の山」の歌を加えると、優に十五首を越える量となる。すなわち勅撰集の世界で見れば、中世以降の妹背山の歌は、おおかた古今集のあの歌の影響下で、つまり吉野の妹背山として、詠まれているのである。少なくともそこには、万葉集の妹勢能山の影響下で詠まれたと認め得る歌は、一首も見出すことができない。

古今集の妹背山の一首の、後代への影響として、見逃せないことがもうひとつある。それは、「妹背川」という川が詠まれるようになる、ということである。

たとえば小野篁集では、先に掲出した一対の妹背山の歌の少しあとで、男がこう詠んでいる。

身のならむ淵瀬も知らず妹背川おりたちぬべきここちのみして

いったんは異母妹にいなされた男であったが、また押し返して、この身はどうなろうともあなたへの思いを通したい、と訴えた。先にあった一対の贈答が古今集の歌をふまえてやりとりされていた延長線上で、この歌は「妹背川」という新しいことばを使っている。

「妹背川」とは、あの古今集の歌の「妹背の山のなかに落つる吉野の川」ということを、まとめて一語化したものであろう。吉野の現地に「妹背川」という川があるわけではなく、妹背山あたりの吉野川が「妹背川」と呼ばれていた事実もない。「妹背川」とは、あくまでも歌の中で創り出された川の名。それも古今集の歌の序詞部分を、いわば凝縮することによって創られた歌語である。そこには古今集の本歌のイメージが濃密にたたみこまれている。従って当然、「妹背川」は吉野のものであるはずだ。

「妹背川」の語は、蜻蛉日記の中でも次のように使われている。

妹背川むかしながらのなかならば人の行き来のかげは見てまし

これは、作者が鳴瀧ごもりから連れもどされたのちのこと。兼家の訪れはやはり途絶えがちで、うち沈んでいる作者の許へ、兼家の妹である尚侍登子から届けられた見舞の歌がこれである。この歌の「妹背川」について、日本古典文学全集の『蜻蛉日記』（小学館）頭註が、紀の川が、和歌山県伊都郡の妹山と背山との間を流れるところを、妹背川という。としているのには従えない。紀伊の妹山と勢能山のあいだを流れる川が「妹背川」と呼ばれたという典拠はどこにもないし、だいいち万葉集の妹勢能山の歌で「川」の詠まれたものは一首もない。紀伊の妹勢能山の歌から「川」は出て来ようがないのだ。妹背の山のなかに落つる川を詠んでいるのは、古今集だけである。「妹背川」の名は、古今集からしか出て来ないはずだ。「妹背川」の用例をなお求めると、宇津保物語にそれがある。私家集では清輔集に一対の贈答歌があり、慈円の拾玉集にも一首がある。

中世以降の勅撰集からは、五首の「妹背川」の歌を拾うことができる。中世以降の勅撰集に「吉野川」と「妹背山」の組み合わせで詠まれる歌が少なくないことを先に述べたが（一一一頁）、「妹背川」の歌もまた決して少なくない。それらはみな、古今集のあの一首を本歌としてこそ詠まれ得る歌であった。古今集の妹背山の一首が後代に及ぼした影響は、まことに広くかつ長い、と言わなければならない。

益軒の妹背の山

和歌に詠まれた妹背の山については、江戸時代の貝原益軒と本居宣長が現地行の記録を残している。

まず、益軒の記録から見ていこう。

益軒は、十七世紀後半から十八世紀初期のころに活動期を持つ人で、筑前黒田藩士。儒学者・本草学者として知られるが、広く各地を歩いていて地誌関係の著書も少なくない。妹背の山については、その著和州巡覧記・南遊紀行・扶桑記勝等に書かれている。以下の引用は、『益軒全集』（国書刊行会）に拠った。

和州巡覧記には、吉野上市の項に妹背の山が出てくる。このとき益軒は、上流宮瀧の方から吉野川沿いに上市へ下っている。このコースなら、上市へ出る前に妹山のほとりを通る。

此地の河辺の両旁に河を隔て妹背山とて両山有り。飯貝の方にあるを、背山と云。西也。古城の形見ゆる。龍門の方にあるを妹山と云。東也。是は茂《しげ》山なり。妹山、背山二ともに高からず。同じ大さなる山也。川をへだて〻、両山相むかへり。

吉野の妹背山のようすを、よく写した文章だ。背山が「古城の形」に見えるというのは、川に向かってせり出してくる山の支脈を、横から見たときの素直な印象。このとき益軒は川上から下ってきたのだから、なおさら「古城の形」を長く見たはずである。妹山を「茂山」と言うのも、あの山の樹相をよくとらえたことばである。巡覧記はこれにつづけて、

両山の間を吉野河流る。古今集の歌に、（流ては妹背の山の中に落る吉野の河のよしや

世中）と、よめり。妹背山は名所なり。古歌多し。
と、それが古今集に詠まれた妹背の山であることを言う。妹背の山については、
然るに、古歌に、吉野によめる歌も、紀伊によめる歌もあり。故に顕昭が袖中抄、大名
寄等には、妹背山は紀州にありと見えたり。吉野川の下にありと云。然れ共、紀州にあ
るは、川中にある島なり。背山と云、妹山といふべき山、其あたりに見えず。日本紀孝
徳帝紀にも、紀伊兄山《せの》とかけり。是妹背山にあらず。古人名所の有所の国を、とりちが
へたる事おほし。吉野の妹背山は、古今の歌によくかなへり。紀州の兄《せ》の山は、古今の
歌にあはず。
と言っている。このとき益軒は、古歌に吉野を詠んだ歌も紀伊を詠んだ歌もあることを認識し
ている。袖中抄や大名寄等先行の歌書が妹背山は紀州にありとしているのも見ている。書紀孝
徳紀が勢能山を畿内南限の地としていることも知っている。その上で益軒は、しかし紀伊にあ
るのは歌に詠まれた妹背の山ではない、と言う。紀州にあるのはただ兄山という山だけだ、そ
れも川の中にある島だ、そのあたりに背山とか妹山とか呼ばれそうな山はない、と。
益軒は紀伊の現地にも行っていて、南遊紀行に「せの山」のことを書いている。このとき益
軒は、川下の名手の側から上流方向へとさかのぼったようだ。
瀬山《せの》あり。吉野川の中嶋也。名所也。万葉集以下古歌多し。嶋長二町余、横一町許あり。

河中にかゝる嶋めづらし。松さくら茂れり。美景也。

と呼ばれている川中の島のことである。

後述（一一八〜一二〇頁）するが、ここで「吉野川の中嶋也」と言われているのは、現在船岡山と呼ばれている川中の島のことである。

なるほど、吉野であれ紀伊であれ、ひとつのポイントを川上側から見るのと川下側から見るのとでは、受ける印象が異なるものかもしれない。紀川は、勢能山に押される形でその山裾をすこし南へ迂回している。川下から上流方面を望んだとき、広い川面のまん中に「松さくら」を茂らせていた船岡山だけが眼に入ったというのは、あり得たことかもしれない。私は平成二十二年に現地を再訪したとき、川下の麻生津大橋のたもとから、紀川北岸の堤防上の道を上流へ向けて歩いてみた。西へ流れる紀川は船岡山を過ぎたところで少し南へ曲るから、川下側からだと船岡山はちょうど川のまん中にあるように見えて、島としての存在感はたしかに大きい。益軒がこの島に眼を奪われたわけは、わからなくもない。だが、それにしても益軒には、その北岸に立っていたはずの勢能山が、なぜか見えていない。見ようともしていない。下流の側から見ても、北岸の勢能山の方が川中の船岡山よりはるかに大きな山なのに。

かれは、なおこうも言う。

妹背山は紀州にあるよし、顕昭が袖中抄其外の書にもみゆ。此説はあやまりなり。もし此所ならば、むかへはいも山なるべきに、いも山といふべき山なし。此山は川瀬の中に

　あれば、瀬の山也。いもせ山にあらず。

紀伊にあるのは、川中の「瀬の山」なのだ、「背山」ではない、それと対になって「妹山」と呼ばれそうな山もない、と。これが現地に行っての益軒の判断である。このあとさらに重ねて、吉野の上市あたりに妹山背山の両山があり、これが古今集の歌に適合する、とその持論を述べている。

　益軒の見方は扶桑記勝においても変らず、

　　吉野の妹背山の辺も、大和より紀州へゆく道なれば、万葉にきぢなるいもせ山とよめるなるべし。

と言っている。すなわち益軒は、万葉集に「きぢなるいもせ山」と詠まれているのは、それが「大和より紀州へゆく道」にある山だからなのだろう、と言う。ということは、つまり万葉で「きぢなるいもせ山」と詠まれている山も、結局は吉野の妹背山なのだ、と言いたいのらしい。ただしこの論法はかなり強引で、そのためかあまり歯切れがよくない。そのあとで益軒は、

　　今案、せ山は紀州、いもせ山は和州なり。

と、結論的に断じている。

　以上を要するに、益軒の見解によれば、紀伊の「せの山」は「瀬の山」であって、川中にある島のことなのだ、そのあたりに妹山と呼ばれそうな山もない、だからここは妹背山の地では

ない、それに対して吉野は古今集の歌によくかなう、歌に詠まれた妹背の山は吉野だ、ということになる。

益軒は「古歌に、吉野によめる歌も、紀伊によめる歌もあり。」と言いながら、万葉集の歌にはほとんど注意を払おうとしない。その念頭にあるのは、ただ古今集の一首のみである。そのため、せっかく紀伊の現地まで行っていながら、この人の眼には、見るべきものが入ってこなかった。古今集に合わないものは、はじめから見るつもりがなかったように見える。

前項で見たとおり、古今集のあの歌は、たしかに妹背山を吉野のものとして詠んでいる。しかもその一首が後代に及ぼした影響は、まことに大きなものだった。古今集およびそれ以後の歌だけを見ていれば、益軒のような結論にならざるを得まい。ただし益軒の場合は、古今集およびそれ以後の歌を仔細に検討した上でそれを言っているのではなく、妹背の山は吉野だ、という先入観があって、すべてはそこから出ているもののように見える。せっかく紀伊の現地まで行っていながら、川べりに勢能山が立っていることを見ようとせず、「せの山」は「瀬の山」だ、などと言うあたり、思い込みから出たきめつけ、としか言いようがない。

ここで、益軒の言う「川中の島」とその周辺の地形について、現況を述べたい。

紀伊の勢能山は、その南斜面が、山の勾配そのままに紀川へ落ちる山である。現在、勢能山が紀川に接するところでは、もっとも低い川べりを国道二十四号線が通り、それより高い中腹あたりをＪＲ和歌山線が通り、西笠田駅という発着ホームひとつだけのまことに小さな無人駅がある。駅よりさらに上方には、地元の人々の利用する旧道が勢能山南面に巻きつくようにして通っている。そこはもう、紀川の水面からはよほど高い場所だ。この旧道を東へ行けば、背ノ山という小集落へ下る急な坂になり、西へ行ってもやはり急な下り坂だが、高田の集落を抜けるとゆるやかに穴伏川へ下る道となる。

　つまり勢能山南面は、国道とＪＲ和歌山線と旧道とが、それぞれ段差のある位置を通っている。そこは、これら三路線が同一標高面を併走することができないほど、余裕のない急斜面なのである。さほどに高い山でもないのに、勢能山が古代の紀路を阻む山であったということは、紀川の川辺ぎりぎりに立つこの地形を見るとき、よく理解することができる。たしかにそれは、古代の紀路にあっては、「越える」しかない山であったのだ。

　川べりまでおりてみたいと思った私は、西笠田駅のホームから草の中の小道を斜めに下り、信号のない国道をようやく横切ったが、そこはもう紀川のほとりである。ひとならびの人家と倉庫のようなものが川に面して立っていた。倉庫の裏手にまわってみると、切り立った川岸には草が茂っていて、水辺までおりるすべはない。川は水深もあり、流れも速そうであった。

　この流れの先のやや川下に、細長くて大きな中洲がある。「嶋長二町余、横一町許」と益軒が言うとおりかなり大きく、中洲と言うよりはやはり島である。しかもその島には水辺までぎっしりと樹木が繁茂していて、小山のような趣を呈している。益軒はそこに「松さくら」を見たようだが、私が行ったときにはさくららしい樹は見えず、ただ新しい楠若葉が光立つように盛りあがって、島全体をおおっていた。

土地の人々はそこを「船岡山」と呼んでいる。まことに、舳先を川上へ向けて溯航する舟の形。この「船岡山」の名は紀伊国名所図会にも見えるから、少なくとも近世期以来の呼び名であることはたしかだ。

島の向こうにまた川の流れがあり、さらにその向う岸にある丘が、妹山と呼ばれている丘である。そこにはあまり樹林は見られず、むしろ横長の草山。下流の側にはビニールハウス様のものも望まれた。地元の人の話では、そちら側から島へ渡れる橋があり、島にはなにかの社もあるということだった。

益軒は川下の方からここの地形を見て、川の中の船岡山だけに眼を奪われたようである。私は現地再訪のとき、川下側から歩いて勢能山・船岡山・妹山の位置関係を確認してみた。川中に樹木を繁らせた船岡山は、たしかに目立つ島ではあったが、北岸にある勢能山の量感はそれをはるかに超えていた。それはまさしく、畿内南限のランドマークというにふさわしい姿の、地に根を据えて川べりに立つ山であった。

宣長の妹背の山

宣長は、益軒よりちょうど百年のちの人である。妹背の山については、紀伊の現地に二度足を運んでおり、その著玉勝間のなかに二か所の言及がある。以下の引用は『本居宣長全集』（筑摩書房）に拠った。

初度の現地行のことは、九の巻にあり、かなり詳細な論述である。宣長はまず、勢能山が書紀孝徳紀にその名の見える山であること、万葉に詠まれた山であること、顕昭の袖中抄も契沖の勝地吐懐篇も「紀の国のある書」もみな勢能山の所在を紀伊としていること、などを述べたのち、こう言う。

宣長つら〱思ふに、兄山は、はやく孝徳紀に見え、万葉の歌によめる趣も、たしかなるを、妹山といふは、兄山あるにつきて、たゞまうけていへる名にて、実に然いふ山あるにはあらじとぞ思ふ、

すなわち宣長は、勢能山は書紀や万葉に見えてたしかに紀伊に実在する山だが、妹山は、勢能山があることによって「まうけて」言われただけの名であろう、現地にほんとうにそんな山があるのではないだろう、と言う。「まうけて」とは「設けて」。つまり勢能山にかこつけて仮構

して、ということである。

これにつづけて宣長は、そう思う根拠を、万葉の歌を個々に吟味しながらこう言う。万葉集で見ると、勢能山はたしかに実在する山として詠まれているが、妹山はそうではない、つねに勢能山に付随して言われているだけだ、万葉集に妹山のみを単独で詠んだ歌はない、だから妹山は実地にある山でなくて、勢能山に対する「詞のあや」として言われただけの、名のみの山であろう、と。このあたりの宣長の筆は、ほとんど同語反復のようにそればかりをくり返す。

実は万葉集には、勢能山を言わずして妹山だけの出てくる歌が、巻七に一首だけあって、それは次のような歌である。

紀路にこそ妹山ありといへたまくしげ二上《ふたかみ》山も妹こそありけれ

これは大和の二上山を詠んだ歌だが、これを見れば、このように勢能山にかかわりなく妹山だけを詠んだ歌があるではないか、と言われかねないところがある。もちろん宣長はこれにも言及していて、

二上山も妹こそありけれとよめるも、二上山に、まことに妹といふがあるにはあらねど、峰二つあるによりて、まうけてさはよみつるなれば、きの国なるも兄の山といふ名につきて、さもいふべきこと也、

とする。つまり宣長は、大和の二上山に実際に「妹」と呼ばれる峰があるわけではないが、峰

が二つあるために「まうけて」「妹こそありけれ」と詠んでいるのだから、紀伊でも「兄山」につけて「まうけて」妹山と言っているのだ、と言いたいのらしい。

その論理には、結論と論拠をすりかえたようなところがあって、充分に説得力のあるものとは思えないが、それでもこの歌は、大和二上山の双峰が「いもせ」であることを言うために万葉の妹山の名を援用した歌であって、その援用の前提には、万葉の妹山が勢能山と「いもせ」であるとする考えがあるわけだから、その点ではたしかにこれも「いもせ」の意識の下で詠まれた妹山の歌である。万葉集に妹山のみを単独で詠んだ歌はないというのは、その意味においてはたしかに宣長の言うとおりである。

宣長はつづけてこうも言う。現地には勢能山があり背山村という村まであるのに、妹山はどれがその山なのかまぎらわしい、思うに、紀川の川中にある岩山をそう呼んだものか、貝原篤信（益軒）は川瀬の中にある山を「瀬の山」だなどと言っているが、川中の島などが畿内南限の地とされるわけがないではないか、また「紀の国のある書」は、この川中の島を妹山であるかのように言うが、これまた実にまぎらわしい、かように妹山のことがまぎらわしいのは、結局、妹山という山が現実に存在しないからだろう、と。

それゆえこのときの宣長の結論はこうなる。

かの貝原なども、吉野なるを、それ也といへるは、みな後の歌にのみなづみて、万葉をよく見ざる、ひがこと也、万葉のおもむき、紀の国なることは、何の疑ひもなし、妹背山のことならば万葉に拠るべきだ、万葉で見れば妹背山が紀伊国のものであること明白だ、というのが宣長の主張である。この点、古今集のあの一首のみに拠る益軒の立場と、はっきりとした対照をなしている。

宣長は、古今集の一首については、

よしやと重ねん料に、紀の川を、同じ川なれば、吉野の川ともよみなせるもの也、

と言っている。つまりその歌は「よしや」を言いたいために「吉野の川」と言ったのだ、紀川は吉野川と同じ川なのだから、と。このあたりことばが足りず説得力に欠ける感じがあるが、ここで宣長が紀川と吉野川は同じ川だと言っているのは、古今集のあの一首も要するに紀伊の妹背山を詠んでいるのだと結論づけるための、唯一の論拠であったように見受けられる。

宣長の所説は、万葉の歌をいくつも引いて実証的であろうとしているが、ただその論にはことばのくり返しが多く、万葉の妹勢能山は紀伊のものだ、紀伊には兄山はあるが妹山は実在しない、という結論が先にあっての論述のように見える。論証が充分でないという点では、益軒の吉野説のあり方とどこか似ている。殊に古今集の一首について、紀川と吉野川は同じ川なのだから、とひとことで片づけているあたり、かなり苦しく、さすがに宣長の筆にも、どこか及び腰の感じがある。

宣長はのちにもういちど勢能山に行っており、玉勝間十二の巻にその記がある。ここの記述は九の巻ほど詳細ではないが、その分反復が少なく、話は整理されている。

寛政十一年春、又紀国に物しけるをり、妹背山の事、なほよくたづねむと思ひて、ゆくさには、きの川を船よりくだりけるを、しばし陸におりて、此山をこえ、かへるさにもこえて、くはしく尋ねける、

という書き出しである。寛政十一年（一七九九）とは宣長七十歳の年、歿する前々年のことになる。当時紀川の水運は、現代よりはるかに発達していた。紀川にかぎらず川の流路は、古代から近世まで陸上の道より便利な輸送路として活用されていたから、そのころの船は、いまより身近な交通手段であったかと思われる。その船で紀川を下りながら地形を見、上陸して勢能山を行き帰り歩いて「越え」たという。まことに宣長らしい熱意である。勢能山については、

いとしも高からぬ山にて紀の川の北の辺に在て、南のかたの尾さきは、川の岸までせまれり、村は、此山の東おもての腹にあり、大道は、川岸のかの尾さきのやゝ高きところを、村を北に見てこゆる、

とある。現在の西笠田駅近辺の地形から国道二十四号線とJR和歌山線を消し去ってみれば、現状もおよそ右の記述と一致する。山の南側の尾先が川岸まで迫っているとあるが、あの山の南斜面が川へ落ちる地形は、川上側の船上から見るときもっともよく見て取れるはずだ。尾先

のやや高いところを大道が通り、村を北に見て山を越えたとあるのは、現在の旧道とほぼ重なるルートを通った、ということのようである。

私ははじめて現地に行った際、勢能山全体を歩いて一周してみた。西笠田駅上方から旧道を東へ下って背ノ山集落を過ぎ、勢能山東麓を北へ進み、移隧道という古びたトンネルを抜けて山の西側に出、穴伏川沿いに下ってＪＲ和歌山線のガード下をくぐり、高田集落を経て西笠田駅にもどる。全行程四キロほどであったか。

歩いてみて思ったことは、万葉集に勢能山を「越ゆ」と詠まれていた道は、やはり西笠田駅上方を通る旧道、おそらく宣長が歩いた道とほぼ重なるであろう、ということであった。くり返し言うとおり、その道は小さいながらはっきりとした峠状をなしていて、現状で見ても「越勢能山」ということばにふさわしく、上り下りかなりの坂道である。ただしそれでも、そこを避けて私が歩いたように山の北麓をまわったのでは、迂回になりすぎる。勢能山は、そこまで遠回りしなければ越えられないほど困難な山ではない。

妹山について宣長は、このたびも前回と同じ自説をくり返す。

既にいへるごとく、妹山といふ山はなし、此背《ノ》山の南のふもとの河中に、ほそく長き嶋ある、妹山とはそれをいふにやとも思へど、此嶋は、たゞ岩のめぐりたてる中に、木の生《ヒ》しげりたるのみにて、いさゝかも山といふばかり高きところはなし、又此嶋を背《ノ》山也といふも、ひがごと也、そは川の瀬にある故に、瀬の山とはいふと、心得誤りて、背山村といふも、此嶋によれる名と思ひためれど、然にはあらず、万葉に、せの山をこゆとあれば、かの村の山なること明らけし、川中の嶋は、いかでかこゆることあらむ、

宣長が紀川を下ったときも、船岡山は「岩のめぐりたてる中に、木の生《ヒ》しげりたる」島であったという。私もはじめてその島を見たとき、もともと川の中洲として生成した場所があれほど密生した樹林となっていることに意外の感を覚えたのであったが、益軒や宣長のころから船岡山は、樹木の深く生い茂る島であったようだ。宣長はこんな川中の島が「せの山」であるはずがないと断じたのち、南岸にある丘に眼を向けて、こう言う。

さて又川の南にも、岸まで出たる山有て、背《ノ》山と相対ひたれば、これや妹山ならむともいふべけれど、其山は、背《ノ》山よりやゝ高くて、山のさまも、背の山よりをゝしく見えて、妹山とはいふべくもあらず、そのうへ河のあなたにて、大道にあらず、こゆる山にあらざれば、妹の山せの山こえてといへるにも、かなはざるをや、

二度目の勢能山行きのとき、宣長ははじめて対岸の山に気づいたようだが、やはりそれは妹山ではない、として自説を押し通している。宣長もまた益軒と同様、地元の人に妹山・勢能山の名を確かめようとはしなかったようである。

そしてこのときも宣長の結論は、

とにかくに妹山といへるは、たゞ背の山といふ名につきての、詞のあやのみにて、いはゆる序《ハシカザリ》枕詞のたぐひにぞ有ける、

となった。以上の宣長の所説を要約すれば、妹背山のことは万葉集に拠って考えるべきだ、万葉集で見れば妹背山が紀伊国のものであることなんの疑いもない、また紀伊の妹背山は、「いもせ」としてあった二つの山ではなく、「妹山」は勢能山という山があったことによりただ「まうけて」言われただけの、名のみの山である、紀伊に実在するのは「背山」だけである、ということになる。

すでに述べたように（一〇一・一〇九頁）私自身は、紀伊では勢能山という山があったことにより対岸の山に妹山の名がついたのであろう、吉野では妹山という特異な山があったことにより対岸の山に背山の名がついたのであろう、と考えている。その点宣長が、本来紀伊に妹山という名の山は存在しなかったとしているのは心強いのだが、ただその宣長の結論もまた、どこか思い込みに先導されているように見えるのが残念である。

歌枕としての妹背の山

いまいちどくり返す。万葉集に詠まれた勢能山や妹勢能山は、紀伊国にある。けれども後代、

贈答歌や題詠の場で妹背の山が詠まれるとき、万葉集の――つまり紀伊の――妹勢能山の歌が本歌とされることは、なかった。万葉集の妹勢能山の世界は、万葉集の中だけで完結しており、勅撰集時代に入ってからの和歌には、一切影響を及ぼしていない。

ただしそれは、勅撰集時代に入ってから紀伊の勢能山や妹勢能山がまったく忘れ去られた、ということではなかった。数は非常に少ないのだが、平安中期以後にも紀伊の妹勢能山を詠んだ歌を、次のように二首拾うことができる。

大宰大弐藤原高遠は、円融朝の摂政であった小野宮実頼の孫、また右大臣実資の実兄でもある。家集を大弐高遠集というが、その中にこんな一首がある。

　　　こかはにまうでて、いもせ山を見て
　白雲のたちかくせどもうとからぬいもせの山はへだてざりけり

「こかは」とは、粉河寺のこと。現和歌山那賀郡粉河町にある寺。寺伝の「粉河寺縁起」一巻は、火災に遭った跡が残っていて傷々しいが、古い寺社縁起絵巻の遺品として、国宝に指定されている。一条天皇の代には花山法皇が熊野詣の帰途ここに参詣しており、そのころ都の貴族たちも、熊野や高野山への参詣の折に、よく立ち寄る寺であった。高遠の場合も、そうしたついでの粉河詣であったかもしれない。

現在の粉河寺は、ＪＲ和歌山線で言えば、勢能山のある西笠田駅から二駅先、粉河でおりて駅から直通する道を一キロばかり歩けばよい。私も平成二十二年に勢能山を再訪した折、足をのばして粉河に詣でてきた。いまなお寺域の広大な、しずかで明るい寺であった。そのかみ、京から粉河への都びとは、往路復路いずれにも勢能山のほとりを通る場合が多かったようである。このとき高遠は妹勢能山を見て、白雲がたち隠しても、仲むつまじい「いもせの山」のあいだは隔てられない、と詠んだ。「いもせ」の名にこと寄せて軽く興じたもの、旅の途上の偶詠である。

似たような状況で詠まれた歌がいま一首、行尊大僧正集にみられる。行尊は、いったん皇太子に立てられながらみずからこれを辞した、あの小一条院の孫にあたる人である。いやそれよりも、百人一首の「もろともにあはれと思へ山ざくら」の作者、と言った方がわかりやすいだろうか。台密の行法加持にすぐれ、晩年は大僧正位にのぼって牛車の宣旨を賜わった。修業時代には各地の霊山霊場を跋渉、粉河へも何度か足を運んでいる。次に掲出するのも、粉河への途次の作である。

いもせ山にて

ただひとりいもせの山を行くときぞ忌《い》まひし宿も恋しかりける

この歌の前には、「みみなし山」や「とをちの里」での道中詠などが並んでいるから、このときの行尊は大和経由で紀川に出、古代の紀路ルートを通って粉河へ向かったものと思われる。

このルートなら、粉河到着のすこし手前で勢能山を越える。歌はそこで詠まれたものであろう。ひとりぼっちで妹背の山を越えるときは、かつて忌避した宿さえも恋しいと、人恋しさを言っているように見えるが、実はこれも、「ひとり」に「いもせ」を対比した、軽い遊びごころの歌のようである。

見てきたように、高遠の歌も行尊の歌も、紀伊妹勢能山の現地を通ったときに詠まれたものである。つまり現地詠であって、題詠ではない。内容はどちらも「いもせ」という人事的な色合いを帯びた山の名に軽く興じたもの。特に万葉集のどの歌を意識して、というものではない。かれらはたまたま紀伊妹勢能山のほとりを通りかかり、そこが「いもせの山」であることに触発されてこれらの歌を詠んだ。万葉の歌は意識しなくても、「いもせの山」という名には、反応している。万葉集の妹勢能山の歌は、後代の和歌に対してもう影響力を持ち得ない。それでも紀伊妹勢能山そのものは、高遠や行尊の時代にあってもなお、「いもせ」というその名によって、旅人たちにこのような刺戟を与え得る山として在った。そのことの例証として、右の二首は貴重であろう。

一方、古今集の妹背の山は吉野である。古今集のその一首が後代の和歌に及ぼした影響はまことに大きく、贈答歌であれ題詠であれ、妹背の山が詠まれるところには、かならずと言っていいほど古今集のその一首が本歌として在った。その波及効果の中では、先に見てきたように、

「妹背川」という新しい歌語さえ生まれ出てきている。

しかしここでも、見ておかなければならぬことがある。それは、かように滔々たる古今集妹背山の流れの末では、吉野という現地性の稀薄となった妹背山や妹背川の歌も詠まれるようになる、ということだ。

例をあげよう。俊頼の散木奇歌集春部に、

潤底花といへる事をよめる

いもせ山谷ふところに生ひたちて木々のはぐくむ花をこそ見れ

という一首がある。題が四季のものであって恋ではないことに注意しよう。潤底の花。この課題を詠みこなすために、この歌は「いもせ山谷ふところに」と詠み出したが、この場合それが吉野妹背山の谷ふところでなければならぬ必然性は、ほとんど感じられない。

清輔集には、こんな歌がある。

春くればすそ野のむめの移り香にいもせの山やなき名立つらむ

「梅」を題とする六首の中の一首。移り香によって「なき名」が立つと、恋のイメージを持つ歌ではあるが、この妹背の山も、「いもせ」という恋の関係を暗示するだけのもので、吉野という現地性からはほど遠い。

慈円の拾玉集には、次のような例がある。

いもせ山かすみの袖をひきかけて言はでぞ見する春のきぬとは

これは「日吉百首和歌」の中の春二十首のうちにあるもの。「春の衣《きぬ》」に「春の来ぬ」を懸け、「袖」「ひきかけ」「きぬ」などの縁語をつらねて、いたく修辞に凝っているが、これまた積極的に吉野を主張する歌ではない。

もちろん、以上の三首は題詠時代のものであり、「いもせ山」と言うからには吉野だ、という暗黙の約束あるところで詠まれたものである。これらの歌も源をたどれば、みな古今集のあの一首へ行き着く。その意味ではいずれも素性まぎれなき歌であるが、ただそこにある歌のことばや姿から、吉野のイメージが薄れていることは否めない。

平安末期から中世へかけてのころ、紀伊の妹勢能山は、高遠や行尊の歌に見るように、その現地に、いわば化石化してある歌枕であった。一方吉野の妹背山は、さまざまに詠みひろげられた末に、ある一部では一種の非現地化の傾向も生まれ出てきている。これは、詠みひろげられたことによる歌枕妹背の山の変質、と言うべきものであろう。

さて、ここまでこの稿は、万葉以来の和歌における妹背の山の詠まれ方を大略見てきたのだが、それでは歌枕妹背山の地はどこなのか、つまり紀伊なのか吉野なのか、という問題がまだ残っている。

しかしその問題はとうに決着のついていることだ、と言われるかもしれない。それについては、争う余地なく紀伊だ、とされてきた長い歴史があるからだ。

古くからの歌書にあたってみれば、まず能因歌枕が「きのくに」の項に「いもせ山」をあげている。ただし「大和国」の項には「いもせ川」があって、そこには十世紀末ごろの意識の反映が見られるようだ。清輔の和歌初学抄は「紀伊」に「いもせ山」をあげ、顕昭の袖中抄も「いもせの山とは紀伊国にあり」とする。範兼の五代集歌枕も「いもせ山」を「紀伊」とし、順徳院の「八雲御抄」も「いもせ山」を「紀伊」とする。夫木和歌抄は巻二十「山」題の下に「いもせ山」の項を立てて「紀伊」とし、万葉集の四首を例歌としてあげている。先に見た宣長の紀伊説も、こうした流れに沿ってのものであったはずである。

あれほど圧倒的に、古今集の一首の影響下で妹背山が詠まれていた時代に、これほどすべての諸書が揃って妹背山を紀伊としているのは、ふしぎな気さえするのだが、しかしこれは、たとえば袖中抄が、

顕昭云、いもせの山とは紀伊国にあり、吉野川をへだてゝ、いもの山せの山とて、ふたつの山ある也。

と言っているように、紀伊を流れているのも吉野川の下流なのだから、古今集のあの歌も紀伊の「吉野川」なのだ、という論理なのだろうか、どうだろう。

しかしこの論理が成り立つためには、紀伊国に入ってからのその川が「吉野川」と呼ばれていたという確証がなければなるまい。しかしこの点について、充分な説明のなされた書を、私はまだ見たことがない。

それに、「妹背の山のなかに落つる吉野の川」と詠まれた古今集の「吉野の川」のイメージは、どうしても上流吉野の谷々を流れ落ちる川のものである。下流平野部に出てからの流れにはそぐわない。やはり古今集に詠まれているのは吉野の地形であって、紀伊のそれとは思いにくい。

近世に入ると契沖が紀伊説をとり、先に見たように宣長も紀伊説である。このように圧倒的な紀伊説優勢の中で、益軒だけが明確に吉野説をとっているのは、それが万葉集を視野に入れずかつ思い込みの先立った見解であったにもせよ、古今集以後の歌の実情には即したもの、と言うべきであろう。

和歌における妹背の山は紀伊のものである、と、この見方は近現代までもつづいている。万葉集の註釈書が紀伊説をとるのは当然であり、疑問の余地もないことだが、古今集の註釈書も、あの一首については少なからぬ書が紀伊とする註を付してきた。ただしその姿勢はどこかあやふやで、「吉野の川のよしや世の中」と詠まれた歌の中の妹背の山がどうして紀伊なのか、このところを充分な説得力を持って註している書には、私はまだ出会えていない。日本古典文学全集の『古今和歌集』（小学館）と新潮日本古典集成の『古今和歌集』（新潮社）と新日本古典文学大系の『古今和歌集』（岩波書店）は吉野説のようだが、いずれも論拠を示しての判断としては言われていない。

『歌枕歌ことば辞典』（角川書店）は、「いもせのやま」の項に万葉集から例歌二首をあげて、

紀伊国にあり（和歌山県伊都郡と那賀郡の境あたり）、紀の川をへだてて妹山と背山のあるのをいっている。

としている。またこれにつづけて、

いっぽう、「流れては妹背の山の中に落つる吉野の川のよしや世の中」（古今集・恋五・読人不知）によって、大和国の吉野川の両岸にある山をいうとする説もあるが、『古今集』のこの歌も「吉野川が流れて……に落ちる」といっているように、吉野川が下流では紀の川になっているとよんだとも考えられ、大和の吉野川に妹背山をあえて設定する必要はない。

ともしている。多くの古今集註釈書が、この歌の妹背山の所在についてはどこか明言を避けたがっているように見える中で、これはまことにはっきりとした見解の表明である。古今集に詠まれた「妹背の山のなかに落つる吉野の川」は、紀川と同じ川なのだから、紀伊のものだと考えればよい、とするこの論法は、すでに顕昭や宣長にもあったことを見てはきたけれども、し

かしその両者も、さすがにここまでためらいなく言い切ってはいない。そしてこの見解の根拠は、先に袖中抄のところでも言ったように（一三四～一三五頁）、かなり苦しい。説得力ある根拠もなしに、「吉野川が下流では紀川になっているとよんだ」ものと考えよ、というのは、妹背の山をどうしても紀伊のものとしておくための、強引な論法としか言いようがない。

そこで言いたい。万葉集に詠まれているのは、たしかに紀伊の妹勢能山である。このことに揺れる余地はない。また古今集に詠まれているのは、たしかに吉野の妹背山である。このことにも揺れる余地はない。ならば、歌枕妹背の山をいうとき、万葉集では紀伊、古今集およびそれ以後では吉野、と考えればよいではないか、と。これは和歌史の実状に極めて素直に従った判断だと思うのだが、どうだろう。

ひとつの歌枕に擬せられる地が二か所にあるのは不都合だ、と言われるであろうか。古くからの歌書や註釈書のほとんどが、妹背の山は紀伊なりとして動かないのも、両所にそれを設定するわけにはいかないから、ということなのかもしれない。しかしながら、万葉集と古今集とで詠まれている地が実際に相異なるのであるならば、その相異なる地をそれぞれに歌枕の地として認めるのが、順直な態度というものであろう。

万葉集の妹勢能山の歌は、後代の和歌において本歌とされることがなかった。紀伊の妹勢能山は、いわば化石化した歌枕である。

それに対して古今集のあの一首は、以後の妹背山が詠まれるとき、つねに本歌の位置にあった。特に勅撰和歌世界の妹背山の向うには、いつも古今集の妹背山のイメージが、つまり吉野の妹背山のイメージが揺曳している。万葉集の妹勢能山と古今集の妹背の山と、後代の和歌にとってどちらが本歌であったかは、論ずる余地もないほど明白なことだ。吉野の妹背山は、古今集以後の和歌世界では、ゆらぐことなく妹背の山の歌枕であった。この事実に眼をつぶるべきではない。

妹背の山というとき、万葉集での歌枕は紀伊であり、古今集での歌枕は吉野である。これは、むりやり吉野の妹背山をかつぎ出そうとしての強弁ではない。実質において歌枕として機能してきたものを歌枕の位置に据えるのはあたりまえのことだ、和歌史の中での実際を実際として見よう、というだけのことである。

ものきく山

伊勢集に、次のような歌がある。

　いかごなるものきく山の谷水のにごらぬ音に流るなるかな

歌意はまことにわかりやすい。「いかご」にある「ものきく山」の谷水は、濁りなき音で流れているなあ、ということ。「ものきく山」という変った山の名を、言いたかった歌のようである。伊勢集にしか見られない歌で、後代の夫木和歌抄が、伊勢の歌としてこれを収載している。

しかしながらこれは、伊勢集にあるから伊勢の歌だ、とするわけにはいかない歌である。伊勢集は、伊勢の歿後に、おそらく伊勢近親の人の手によってまとめられた、と見られる集である。総歌数五百首に近く、そのころの人の家集としては、貫之集に次ぎ躬恒集に匹敵する規模を持つ。内容を見れば、まず巻頭部分三十余首で伊勢の前半生が歌物語風に語られ、これにつづく五十首あまりでは伊勢の詠んだ屏風歌が詠作年代順に整理されていて、ここまでの部分には、あきらかに編者による編集の手が加わっていることが認められる。しかしそれ以後の四百首ばかりは、いかにも未整理を思わせる雑然とした歌の集積。おそらく歌集の原資料が、そのままの形で残されているのだと思われる。

ただし、その雑然とした歌の集積部分にも、巻末近いところに一か所だけ、詞書もなにもなくただ歌ばかりが六十数首、ひとかたまりに並んでいるところがある。よく見ればそれは、その前後の雑然ぶりとはすこし表情を異にする歌群である。以前はこの歌群の存在に格別の注意が払われることもなく、それも伊勢の詠んだ歌だと見られていた。

しかし故関根慶子先生により、この六十数首は、伊勢よりのちのなにびとかの手控え的参考資料であったのが、なにかの都合で伊勢集へまぎれこんだものであろう、との指摘がなされ、現在ではこれが定説となっている。つまりそれは、本来の伊勢の家集へあとから混入した異物。従って、伊勢自身の作と見るわけにはいかない歌群なのである。そして右に掲出した「ものきく山」の歌は、その混入歌群の中にある一首である。それゆえこれは、伊勢集の中にしかない歌ではありながら、伊勢その人の作とするわけにはいかない歌なのだ。

この伊勢集混入歌群の歌には、いくつかの顕著な特徴がある。まず、六十数首どれにも詠歌事情を示す詞書がない。ただ歌だけが並んでいる。次に、ごく少数のものを除いて作者がわからない。その歌群中で作者表示がなされていないだけでなく、ほとんどのものが他出資料もない歌だから、他資料の線から作者をつきとめるということもできない。詠風が多く古様を帯びているところから推せば、もともとが「よみ人しらず」の伝承歌などを集めた資料だったのではないか、と思われる。さらにこの歌群最大の特徴は、そこにある歌のほとんどが歌枕を詠んだ歌である、ということである。

歌枕とは、歌に詠まれる諸国名所のことをいう。たとえば「吉野山」とか「佐保の川」とか「宮城野」とか、歌に詠まれることによって世に知られた地名のことである。伊勢集混入歌群の歌は、ごくわずかのものを除けば、みなそうした歌枕を詠んだ歌ばかりである。この歌群が、もとはなにびとかの作歌のための参考資料であったろうと見られているのも、そこにあるのがほとんど歌枕歌ばかりだ、という事実に拠ってのことである。歌に詠まれるべき地名についての情報をより多く持つということは、このころの人々にとっては、詠歌の実際にあたっての肝要なわきまえごとのひとつであった。

しかし伊勢集に混入しているこの歌群は、必ずしも周知度の高い歌枕ばかりを集めたものではなさそうである。もちろんそこには、使用頻度の高そうな有名歌枕がより多く並んではいるのだが、中にはこの「ものきく山」のように、ほとんど世に知られていないものも入っている。「ものきく山」は伊勢集以外のところにはまったく用例がなく、ただここのこの一首のみに詠まれている山の名であって、和歌世界における周知度はゼロであったと言っていい。かつて歌に詠まれたことがなく、この先も詠む必要などなさそうな山の名。単に作歌のための参考資料ということでなら、このようなものは書き留めておく必要などなかったはずである。しかし「ものきく山」というその名の珍しさ、おもしろさ。それが、この蒐集者のこころを捕らえてしまったものらしい。この風変りな山の名を見逃すことなく拾い上げたところに、この歌群を集めた人物の地名に対する興味のあり方が、はっきりと見て取れる。この歌群の蒐集者は、歌に詠まれる地名によほどの関心を持つ人物であったにちがいない。

それにしても「ものきく山」。「ものきく」に漢字を宛てては「物聞く」であろうが、山がものを聞くとは、いったいどういうことなのか。

これを人に擬した表現だとして、簡単に片付けてしまいたくはない。思えばこの国では、わずか千年ほどむかしの人々でさえ、花に鳴くうぐいす水にすむかわずまでもが歌を詠む、とする感受力を持っていた。さらにはるかな古代となればなおさら、山川草木にたましいの宿った時代があったとしてもふしぎではない。山がものを聞くとは、そのような代にこそあり得た命名だったはずである。

「ものきく山」という名が発生するについては、なにか特別のいわれがあったのかもしれない。しかしそのあたりのことは時のかなたにとうに失せはてて、あとにはただ「ものきく」という名のみが残っている、これは、そうした名ではなかったのか。今でも地方の古い里には、その里だけに生き残っているふしぎな地名がよくあるものである。末の代の者は、その名の生まれたいわれをばもはや知るべくもなく、ただその地が生んだその地ゆえの地名、と思うよりほかないのだが。

しかし、少なくとも遠い代のその地には、山がものを聞くことを知る人々がたしかに生きていた。かれらは、もの聞く山が聞く谷水の音を、山が聞くと同じほどのにごらぬ音として聞くことのできる人々であった。この歌は、そうした人々のあいだで生まれ出てきた歌であったはずである。言いかえれば、その土地が生んだ歌。はじめから作者の名などないローカルな伝承歌。その地ではたれの歌でもあり得た土着の歌。この歌群蒐集者のこころをとらえたのも、つまりは「ものきく」というこの山の名の、土着のものゆえのなつかしさであったにちがいない。

さて、「いかごなるものきく山」とこの歌は詠んでいる。それではこれは、いったいどこにある山なのか。もう十数年前のことになったが、伊勢集の全釈作業をしていたとき、この山の所在判断にはすこし手間取った。

伊勢集に対する註釈の原点、とも言うべき『校註伊勢集』(関根慶子・村上治・小松登美共著不昧堂書店)には、この歌の「いかご」について、

近江国伊香郡(古名伊加古)であるが、次の「ものきく山」から考えて、上野国伊香保の誤りであろう。夫木抄には「いかほ」とある。

という頭註が付されている。右の註に言われている「近江国伊香郡」とは、古代近江国の郡名。「(古名伊加古)」とあるのは和名抄に示されている訓であって、「伊香」と書いて「いかご」と読む、ということである。その「近江国伊香郡」は、現在の滋賀県湖北地方の一帯。いまもそこには、行政区画名として「伊香郡《いかぐん》」の名が残っている。

万葉集には、この地の「いかご山」を詠んだ歌が、長歌短歌それぞれ一首ずつある。しかし

伊勢集混入歌群中で詠まれているのは、「いかご山」ではなく「ものきく山」である。近江の伊香郡に「ものきく山」という山はないかと、近世地誌のたぐいや現代の地理書にあたってみたが、それを見出すことはできなかった。

一方、上野国の伊香保について見ると、貝原益軒の甥にあたる貝原好古が著わした『和爾雅』が、巻之一下「上野国」の項に、「物聞山」の名をあげている。吉田東伍の『大日本地名辞書』にも、

後上野志云、ものきき山とは今伊香保温泉の東南にて、松の茂りし山なりと。

とあり、『群馬県の地名』（日本歴史地名大系　平凡社）も、近世期の『天保巡見日記』という書に伊香保村の「物聞山」という名が出ている、と記している。伊香保の「物聞山」とは、少なくとも近世期までには確実にさかのぼり得る名のようである。

また、『校註伊勢集』の頭註にあるとおり、夫木和歌抄も巻二十雑部二の「山」題の下に、「ものきき山、上野」として、

家集　　　伊勢
いかほなるものきき山の谷水のにごらぬことに聞こゆなるかな

をあげている。歌の本文に伊勢集とは若干異なるところがあり、山の名も「ものきき山」となってはいるが、詞書に見るとおり、これは伊勢集からの収載である。十四世紀の夫木和歌抄が、

「ものきき山」を「上野」としていることは、軽視できない。

このようなことから、最終的には『校註伊勢集』に従って、「いかごなるものきく山」とは伊香保の物聞山のことだ、と判断して註釈作業を進めた。「いかご」と「いかほ」の音のずれは、伝承の間に生じたものであろう。「ものきく山」と「ものきき山」は、動詞「聞く」の活用形の相違だから起りがちなこと、実は伊勢集諸本間でも見られる異同である。

二万五千分一地形図「伊香保」をひろげてみる。伊香保温泉街に隣接する東南側山地に、「物聞山」の名が見える。標高は九〇〇メートルばかり。山上にはなにかの社があるらしく、神社記号がつけられている。その山上へは、標高差一五〇メートルほどのロープウェイも通じていて、山頂の奥には「見晴台」の文字が見える。現在の物聞山は、温泉客や観光客の登る山であるらしい。

伊香保は、高い石段のつづく温泉街として知られているが、もちろん古代にそんな温泉街はなかったわけで、和歌の「ものきく山」を考えるためには、それら現在の構築物を一切取り払って地形を見なければならない。地理的に見ればそこは物聞山西北側の沢にあたり、地形図には小さな川の流れも記入されている。おそらくそれは、もと急な谷を流れてくだる山川であったに相違ない。「いかごなるものきく山の谷水」とは、いまの温泉街の西端に記入されているこの流れのことであったろうか、どうだろう。最近の観光案内地図で見ると、その川は「湯沢川」と呼ばれているらしく、温泉街の下方には「物聞沢」という地名も見られる。

上野国伊香保にある物聞山。それが伊勢集の歌に詠まれた「ものきく山」であった。「ものを聞く」という名を持つ山。その山が聞くからこそ、山中を行く谷水は「にごらぬ音」に流れるのだと、その歌は詠んでいる。山が聞く谷水の音を、人もまた聞いているのだ。古代の人々の醇朴な感受。この歌からは、谷川のせせらぎと共に、古代無名の人々の自然との交感のさわやかさが感じられる。


折があったら上野国物聞山というところにも行ってみたい。そう思いながら、伊勢集註釈作業のころから十余年が経った。

わざわざということもできにくくてやり過ごしてばかりいたのだったが、平成二十年（二〇〇八）の秋、にわかに思い立って物聞山に行くことにした。紅葉にはすこし早かったが、関東一円、快晴の日であった。

伊香保は、もちろんはじめてである。関根慶子先生が晩年を過ごされた室田の地をもういちど通っておきたくて、高崎からバスで烏川《からすがわ》沿いにさかのぼり、室田を経ていったん榛名湖に出、そこから改めて伊香保へ下る、という変則的なコースをとった。室田のバスの停留所前には、ひともと、秋になれば返り咲きするさくらがあったのだが、その木はやはり、梢にしろく

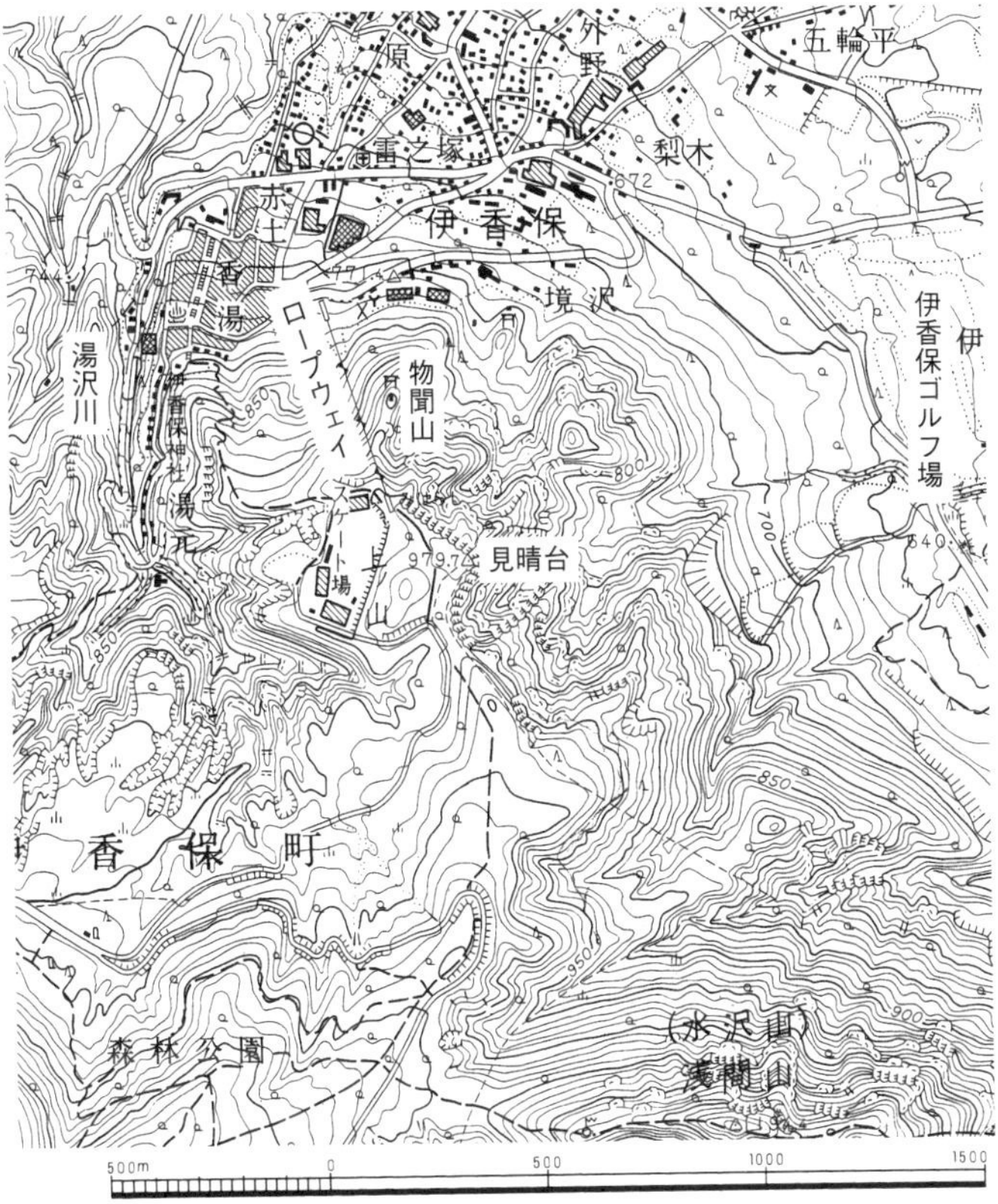

ものきく山　(1／2.5万地形図「伊香保」を使用)

花をつけていた。

室田から榛名湖への上りも、そこから伊香保への下りも、なかなかにきびしい急傾斜の地形であった。伊香保温泉街のひとつ手前でバスを降りると、ロープウェイの乗り場はすぐそこである。平日であったためか、乗客は少ない。ゴンドラが上りはじめると、手の届きそうなそこがすぐに物聞山の斜面。木々はまだ、すこしおとろえながらも緑のいろのままである。なお「物聞山」は、現地では「ものききやま」と言われていた。

ロープウェイの終点から五分ばかり、鞍部地形のところを登れば広場状の山頂で、頑丈な丸太を組んだ二階建の大きな展望台が設けられていた。さすがにそのあたりには人の群がある。カンヴァスを立てて絵を描いている人も何人か目についた。現在の物聞山は、むしろ物見山になっているようだ。

そこから見晴らした東方の眺望は、まことに見事なものだった。左手遠くに三国山地、正面の彼方には日光白根が薄く望まれる。谷川、武尊、赤城と山塊のかたちがあり、また近いところに子持山、小野子山。そして右手には上野国の高原と野。東南へ大きく傾く地形がよく見てとれて、その傾いてゆく先にすこし見えるのが渋川の町らしい。晴れて視界の利く日であったため、一望、青みを帯びた広大なパノラマ。その広い山と野の景の上を、小さな雲の影がたえまなく走り過ぎていった。

しかし、この見晴台の上だけにいたのでは、物聞山の全容はつかめない。ロープウェイで山をおりて、バスの通る道を東へなお下り、伊香保ゴルフ場の手前あたりから、ふり返って見上げる。伊香保という土地そのものがかなりの傾斜地なのだが、このあたりから見るとき物聞山は、その傾斜地の上にさらに急にそそり立つ山であることがよくわかる。特に東面の高い崖状地形のあたりは、崩落の跡歴然としていて、たやすく人を寄せつけそうにない。この方角から見るときその山は、たしかに伊香保にあってひとり際だつ山である。

この日私は、時間の都合もあって、山の西側の石段温泉街には行かなかった。だから、湯沢川の流れは見ていない。地形図で見れば、見晴台東側直下の崖状地形のあたりから、いまひとつ東へ流れ出る別の流れがあって、西側の湯沢川よりはずっと細い流れのようである。物聞山に抱かれた谷水、ということでは、こちらの方があの歌にはふさわしいかもしれない。

それにまた考えてみれば、現在のこのあたりの地形は、細部ではおそらく古代そのままではあるまい。あの物聞山東側の高い崖状地形を見ただけでも、崩落がくり返されてきたことはあきらかである。その他のところでも、風化を経、侵蝕を受けているであろうことは容易に想像がつく。とすれば、いまは跡も残らぬ沢などがこの山のどこかにあって、むかしそこには細い谷水が流れていた、ということもあり得たかもしれない。ものを聞くことのできた太古の山の谷水が、そのままでいまも流れつづけているとは、考えない方がいいのかもしれない。

いずれにしても、その日物聞山の山容を東側から見上げながら思ったことは、伊勢集の「ものきく山」が聞いた「谷水のにごらぬ音」は、もう人には聞くことのできぬものだろう、ということであった。物聞山がいまもそれを聞いているかどうかわからないけれども、人にとってそれは、おそらくもう、こころの中で聞くしかない音なのである。

しかすがの渡り

川の渡り方

かならずしも旅と想定しなくてもよいが、もしひとつの目ざす場所があってそこへ行こうとするとき、水の流れが道の行く手を阻んでいたとしたら、人はどうするか。

細い流れであったら跨いで越える。または飛び越える。浅い流れであったら水に入って歩いて渡る。泳いで渡るということもあり得るが、これは泳ぐ能力のあることが前提だし、それに、旅行の場合にはあまり適さない。

自分ひとりの力で渡れないときは、人に背負われて渡る。このとき、ひとりがひとりに背負われるのでは背負う方の負担が大きく、また危険もあったりするから、近世の川渡りではかごや蓮台などを使って複数の者にかつがせ、負荷を分散する方法をとることもあった。そのほか牛馬など家畜に乗って流れを渡ることもある。ただしこれも、乗り手に牛馬を乗りこなす技倆のあることが必要だから、たれにでもとれる方法ではない。これらの場合渡る当人は、他人の足や乗り物や牛馬の足を道具として使って、川を渡っていることになる。

道具と言えば、対岸へ向けてとびとびに大石を置き並べ、これを伝って渡るということもする。飛び石。これは川の流れがあまり深くないことが条件で、大雨などで増水すれば一時的に使えなくなることもあるが、平穏な流れであるならば、かなり幅のある川でもわが足でもって渡れる。それにこの飛び石は、そのとき限りかつわがためばかりの渡り方ではなくて、いわば恒常的に、われも人も渡るための工夫である。

飛び石を置けないような流れには、丸太などを架け渡してこれを渡る。丸木橋。それは極めて素朴ながら橋というものの原型である。もし一本の丸太で対岸まで届かないようなら、流れの中に橋柱を立てて、橋板をつないでゆく。橋の強度や耐久性を高めるためには、木でなくて石を使う。石橋。やがてその橋に反りを与えるなど、架橋の工法も進歩した。

考えてみれば、川に橋を架けてこれを渡るということは、にんげんの案出した秀抜な知恵のひとつと言えるかもしれない。橋という人工的な構造物を設けることで行路上の障碍を跨ぎ越してゆく、という発想。これは洋の東西を問わず遠いむかしから人にあったもので、たしかにそれがあればにんげんは、おのれの身体能力だけでは越えられない場所でも、常の道を行くと同様に歩いて通過して行くことができる。

とは言うものの、古代の土木技術のレベルをもってしては、大河や流れの激しい川に大きな橋を架け渡すことは、やはり困難であった。橋の架けられない川を渡るには、どうすればよいか。舟がある。舟を使えば、こちらから対岸まで漕ぎ渡ることができる。勢いをもって流れる水の上を舟でもって横断することは、もちろん危険を伴うことではあったが、その代りこの方法なら、ある程度の人数や荷を一度に渡すことができる。それに古代にあっては、人や物の運輸を水運に頼る面は大きかったから、舟という乗り物に対する抵抗感はさほどなかったと思われる。このように、行路の途上で舟による渡河輸送の行われる地点が、「渡り」と呼ばれる場所であった。

強力な中央集権国家であった古代律令制下のこの国では、中央と七道諸国とをつなぐ道路網は国家の手によって整備維持されていたが、いわば当時の「国道」ともいうべき主要幹線道路上においてさえ、少なからぬ「渡り」の箇所はあったようである。

すこし下った時代の例になるが、たとえば十一世紀中ごろに書かれた更級日記。その冒頭部分では、上総介を任了した父に伴われて帰京した幼時のことが回想されているのだが、この一行は、上総を発って京着するまでの道中で、記されているだけも九か所の川や海を舟で渡っている。これは、駅路上に定まっていた「渡り」だけでなく、その日波が高くて海辺を歩いて通れなかったためとか、橋がこわれていたためとかに由る「渡り」の例も含んでの数だが、それにしてもそのころの東海道の旅において、舟で渡らねばならぬ場所がどのくらいあったかを考えるための、参考にはなろう。

今日と違って、古代の東海道は山陽道よりも重要度が低く、また都が大和にあったか山城にあったかによって路線に違いもあったわけだから、更級日記の記録だけに拠って古代東海道のすべてを推しはかってはいけないだろうが、ただ、当時国家管理されていた主要幹線道路においてさえ、このように多くの渡りを渡ることを余儀なくされていた、という実状はよく認識しておいた方がよい。

「しかすがの渡り」は、そのような時代に、東海道三河国にありとして知られていた渡りである。右に述べた更級日記も、そのとき帰京の旅で渡った渡りのひとつとして、「しかすがの渡り」の名を記しとめている。

地方官の赴任・帰任をはじめとして、中央と地方のあいだに人や文書やものの往来の多かった時代である。渡りの名にかぎらないことだが地方の地名は、殊に駅路上の地名であるならばなおさら、都にまで知られることも珍しくはなかったにちがいない。

渡りは、しかすがの渡り、こりずまの渡り、みづはしの渡り。

とは、枕草子の一段である。ここにあげられた渡りはみな実在した渡り。「こりずま」は須磨のことで畿内の摂津、「みづはし」は北陸道の越中にあった。「渡りは」としてこれらの三つがあげられたのは、なによりも、「しかすが」「こりずま」「みづはし」というそれぞれの名に、ことばとしてのおもしろさを見たからであったろう。

たしかにここにあげられた渡りの名は、どれもが独自の表情を持っていて、とりどりに聞く者の興味を刺戟してくるところがある。中でも最初にあげられた「しかすがの渡り」。「しかすが」というその名は、あきらかに葛藤するこころのあることを示し、それゆえ逡巡するポーズも見せて、それではいったい、旅人はその渡りをどのように渡ればよいのだと、聞く者のこころをいたく挑発してくるような、渡りの名ではある。このようなことばを渡りの名とした人々の、その命名力がこころにくい。

「しかすがに」ということば

「しかすがの渡り」の「しかすが」は、副詞「しかすがに」から来たものであろう。和歌について言えば、副詞「しかすがに」は、万葉集でよく使われたことばで、短歌に十一例、長歌に一例が見出される。

短歌十一例のうち五首は、巻十春雑歌の中にあるので、その五例すべてを掲出してみよう。

うちなびく春さりくればしかすがに天雲《あまぐも》きらひ雪は降りつつ
梅の花咲き散りすぎぬしかすがに白雪庭に降りしきりつつ
風まじり雪は降りつつしかすがに霞たなびき春さりにけり
山のまに雪は降りつつしかすがにこの河楊は萌えにけるかも

雪見ればいまだ冬なりしかすがに春霞立ち梅は散りつつ

一読してわかるとおり、「しかすがに」はどの歌でもみな第三句で使われている。また歌意をみればどの歌も、この「しかすがに」を隔ててその前の初・二句とその後の四・五句とでは、相反することが言われている。たとえば、うちなびく春になったが天雲がたちこめて雪が降っている、とか、梅の花は散りすぎたのに庭には白雪が降りしきっている、とかいうように。つまり第三句「しかすがに」の前と後とでは、言われていることが反転している。この特徴は、右にあげた五首すべてに共通して見られるところのものである。すなわち第三句に置かれた「しかすがに」という副詞は、その前の叙述の内容をひっくり返して後の叙述へつなげるはたらきをしている。

このような「しかすがに」の使われ方は、右の五首だけでなく、万葉集中の短歌十一例すべてにおいて同様に見られる。短歌十一例の中には、大伴家持の歌三首もあるので、そのうちの一首をあげておこう。

月よめばいまだ冬なりしかすがに霞たなびく春立ちぬとか

ここでも「しかすがに」の用いられ方は、先に掲出した春雑歌五首の場合と、まったく同じである。「しかすがに」の用いられ方が同じであるばかりでなく、歌想そのものも先の五例に類似していて、この傾向は、実は家持歌の残る二例にも同様に見られる。

このような例を見ていると、ことによると「しかすがに」という副詞は、冬から春へと季が移るころ、行きつもどりつする早春の季感を詠むための専用語であったか、とさえ思いたくなるのだが、ただ万葉集の短歌十一例の中には、早春の季感とはまったくかかわりのない恋歌二首もあるから、その想像は成り立ち得ない。ただし恋を詠むその二例にあっても、「しかすがに」が第三句に置かれ、その前と後で言われていることが反転するという用いられ方には、まったく変りがない。万葉集短歌における「しかすがに」の用いられ方には、一切例外がないのである。

言い添えておけば、万葉集の「しかすがに」は長歌にも一例がある。長歌であるためその一例は、短歌十一例といっしょにして「第三句に置かれる」という言い方で括ることができないのだが、その長歌一例にあってもやはり「しかすがに」の句は、それより前の叙述を反転させて後へつないでおり、このはたらきは、短歌十一例の場合となんら変るところがない。

「しかすがに」の語義を『岩波古語辞典』で見ると、

《シカは然。スは有りの意の古語。ガは所の意。アリカのカの転。ニは助詞。平安時代以後、サスガニとなる》そうであるところで、の意が古い意味。転じて、そうではあるが。それでも。

と説明されている。この辞典は、第一刷発行が一九七四年であるが、これより十五年前に刊行された日本古典文学大系の『萬葉集二』（岩波書店）の補註（四三四頁）には、これと同じ内容のことが、これより詳しく説かれている。すなわちそこでは、「ニ」という助詞のはたらきが詳しく吟味され、助詞「ニ」には「反戻の用法」があって、これが広まったところから「しかすがに」も「反戻の表現をすることになる」と説かれている。先に、万葉集短歌における「しかすがに」は、例外なく第三句に用いられ、その句の前にある叙述はその句の後で反転する、ということを見てきた。「反戻の用法」とはそのことである。

『岩波 古語辞典』にあるとおり、この「しかすがに」ということばは、平安時代以降「さすがに」となる。しかし和歌の世界では、平安時代以後もやはり「しかすがに」の形で使われつづけた。思うに、「さすがに」という四音のことばは和歌の韻律になじみにくく、「しかすがに」の五音のことばの方が納まりやすかった、ということであろう。第三句に置かれて逆接、という用法もそのまま踏襲されていて、たとえば貫之集には、

新しき年とはいへどしかすがにからくふりぬるけふにぞありける

のように、このことばを屛風歌の場で活用したものも三首ほど見られる。

すこし時代が下って敦忠集や馬内侍集などになると、日常贈答歌で使われた「しかすがに」の例が見られる。贈答歌の場で対人的なこころの動きを相手に伝えようというとき、「しかすがに」というやや婉曲な逆接の言い方は、微妙なこころのさまを托しやすく、それだけに有効

なものの言い方になり得たのかもしれない。

　言っておきたいのは、このころから「しかすがに」が初句で使われるようになる、ということである。馬内侍集に、こんな例がある。


友だちのもとより、尼になりなむとありしはいかに、といひたれば

しかすがに悲しきものは世の中をうきたつほどのこころなりけり

詠まれた時期はわからないが、たぶん、若いころのものではないかという気がする。そのとき作者馬内侍はなにごとかを悩んでいて、もう尼になりたい、とその友人へこぼしたものらしい。のちにその友人から、尼になるというあの話はどうなりましたと、おそらくたわむれの気持もあって問うてきたのであろう。それで右の歌が返された。歌は、そうは言いますものの、世を捨てるというもなかなか悲しいことですから、と言っている。

　「しかすがに」が第三句に置かれたとき、それより前の叙述に対して後の叙述は反転の形をとる。このことはくり返し述べてきたとおりだが、右の馬内侍の歌は、「しかすがに」を初句に置くことによって「前の叙述」にあたる部分を言わなかった。それは相手から問うてきたことだから相手はすでに充分に知っていることであり、改めてこちらが言う必要もないことである。のみならずこの場合はことによると、作者の方では、不用意にその事情を口走って人に聞

かせたことを悔いていたところであったかもしれない。この一首で言われているのは、「しかすがに」より後の部分。初句に「しかすがに」を置いて「後の叙述」だけを言う。ここには、その話もう言わないで、という気持があるような気がする。いずれにしても第二句以下のことばをすべて「後の叙述」のみにあてた詠みぶり。作者にとってはいまの心情の表出だけで充分なのだ、ということであって、これは、「しかすがに」にある「反戻」のはたらきを充分に生かしきった詠法、と言っていい。

贈答歌の場で初句に「しかすがに」を置くこの手法は、その後の頼政集や殷富門院大輔集などにも、一例ずつだが見られる。

さらに時代が下って中世に入ると、「しかすがに」は、百首歌など定数歌の場にも取り込まれる。ここでも第三句にそれを置くという原型は守られているが、後京極摂政良経の秋篠月清集には、

しかすがに馴れこし人の袖の香のそれかとばかりいつ残りけむ

という初句使用の一首が見られる。

また「しかすがに」の変った使われ方として、やはり同じ秋篠月清集に、「故郷花」の題で、

変らずな志賀の都のしかすがにいまもむかしの春の花その

がある。「志賀の都のしかすがに」で、さりげなく「しか」という同音をくり返してみせたつ

もりなのだろう。

修辞技巧ということでなら、これよりもっとあからさまな例があるから、それもあげておこう。家隆の壬二集である。

　あしひきの山のかげ野に伏す鹿のしかすがにやはしのびはつべき

これは「恋歌あまたよみ侍りしとき」という七十五首の中にあるもので、忍ぶ恋を詠んでいるが、上三句は序詞。その序のかかり方が、「伏す鹿のしかすがにやは」という一風変った同音くり返しになっている。しかもその「しかすがに」が「やは」という反語へとつづいてゆくあたり、家隆にしてはかなり力ずくのことば運びのように思われる。

「しかすがの渡り」のありか

「しかすがの渡り」は、そのむかし、東海道三河国にあった渡りである。しかしその所在やそこの地理などを見る前に、「しかすがの渡り」と呼ばれたその名の、命名のあり方について、考えておきたい。

たとえば、更級日記の上総から京までの道中記には、「まつさとの渡り」や「すのまたの渡り」などの名が見える。これらは、そこが「まつさと」あるいは「すのまた」という地であったところからそう呼ばれたもの、つまり地名に由来する渡りの名である。また、「あすだ川といふ渡り」や「大井川といふ川の渡り」「天中といふ渡り」なども渡っているが、これらはいずれも「あすだ川」(隅田川)、「大井川」、「天中といふ川」(天龍川)などを渡る渡りであったところからそう呼ばれているもの、つまり渡るべき川の名に由来する渡りの名である。

しかし「しかすがの渡り」は、地名によって名づけられた名ではない。また川の名によって名づけられた名でもない。「しかすがに」という副詞から来た名である。「しかすがに」という副詞が和歌の中でどのようにはたらくことばであったかは、前項で見てきたとおりである。

それにしても、「しかすがに」の「しかすが」を渡りの名とするとは、かなり変った命名のあり方と言わなければならない。通常ものの名は、名詞か、あるいは動詞・形容詞の体言形でもってつけられることが多く、副詞を使った命名というのは、あまり見かけるものではない。副詞は、用言を修飾するはたらきのあることばだから、どうしてもそのあとに、修飾されるべき述語が来ることを予想させる。たとえば「しかすがに降りしきる」とか、「しかすがに悲しき」とか、述語部分まで言われてはじめて、副詞のはたらきは完結する。なのにその述語部分がなくて副詞だけですまされたのでは、ものの名として据わりがわるいのだ。「しかすがに」どうだというのか。その「どうだ」がなくて「しかすが」だけで固有名詞とされたのでは、ことの核心が言われていないような気がして、落着かない。

しかしながらこれは、意図的に修飾語だけにとどめて、敢えて修飾されるべき述語部分を言わなかった命名のあり方だったのであろう。「しかすがに」を現代語に直せば「そうではあるものの」というような意味になるが、では、そうではあるもののどうだというのか。そこを敢えて言わないことによって、「そうではある」現状に相当の葛藤があるらしいことや、それを押し切るのは容易でないらしいことなどを、わからせようとした命名法。わざと言わないでおくことによって、言わなかったものを際立たせ、印象づけようとする言い方。「反戻」のはたらきを持つ「しかすがに」には、それだけでそれまでの叙述をくつがえすような語感のあることは、先に見てきたとおりだが、これは、その語感そのものを生かそうとした命名だったのだと思われる。

行路上において渡りというものは、必ず通過すべきポイントとして存在する。道を行く者にとって渡りとは、渡るしかないものだ。渡らぬかぎり道は先へ進まない。とは言うものの渡りには、渡る者を思わずためらわせずにはおかないような渡りも、もちろんあったにちがいない。たとえば水の流量がおびただしいとか、流れの勢いがすさまじいとか、対岸が遠すぎるとか、または来し方の恋しさゆえに渡りかねるとか。このようなとき、渡る者のこころに湧き起る怖れや、ためらいや、切なさなどの感情。その感情そのものをそのまま渡りの名としてもいいのだが、わざとそれは言わず、「しかすがに」の副詞部分だけにとどめておいて、その先にどれほどの渡りかねる思いがあるかをわからせようとする。命名のあり方としてはその方が手がこんでおり、また冴えている。その分、命名効果も高いのである。

「しかすがの渡り」は、そのような心理から生まれ出てきた名ではなかったか。少なくとも「しかすが」というその名が、岸辺に立つ者の躊躇逡巡あるいは懊悩そのものに根ざしている、ということだけははっきりと言えるだろう。事実平安時代の人々も「しかすが」の名からは葛藤や躊躇逡巡の情を読み取った。あの更級日記の作者も、そこを渡った日のことを、

しかすがの渡り、げに思ひわづらひぬべくをかし。

と回想している。なるほどこの渡りではたれもが思いわずらうはずだと思われておもしろい、というのである。「げに」とあるのは、「しかすが」というその名に「思ひわづらひぬべき」心理があることを感じ取った上での、共感表明である。そのときまだ十代はじめの少女であった作者の眼に映じたその渡りの景がどのようなものであったか、今日から充分に想像できるとは言い兼ねるが、ただその少女にさえも「げにしかすが」と思われたと、その共感のあり方だけははたしかに伝わってくる。「しかすが」とは、そのように人のこころをとらえる名であった、ということである。

では、その「しかすがの渡り」は、どこにあった渡りか。

それは古代東海道三河国、飽海川《あくみ》にあった渡りである。飽海川とは、いま豊川と呼ばれている川のこと。律令時代の駅路は、その豊川（飽海川）を河口近くで渡っていた。その駅路上の渡河地点が、「しかすがの渡り」と呼ばれた渡りである。

豊川は、その源を美濃三河高原南部の山地に発し、いくつかの支流を併せたのちに東三河平野に出、末は渥美湾に注ぐ川である。全長八〇キロメートルばかり。さほどの大河というわけではないのだが、源流一帯が非常な多雨地帯であるため、下流平野では古くからしばしば大きな洪水が発生した。流路もよく変ったようである。地図で見ればわかるとおり、現在でも下流平野における曲折蛇行は、他に見られないようなはなはだしさでくり返されている。この川の治水は、長いあいだ地元にとっての大きな悩みであり、また課題でもあった。

このため、明治三十年代ごろから放水路が計画されていたのであったが、その事業はなかなか進まなかった。ようやく昭和十三年（一九三八）になってから着工となったものの、それも戦時下の中断があったりなどして遅延し、現在の豊川放水路が完成したのは昭和四十年（一九六五）のことである。下流平野部で大きく蛇行をくり返す豊川の水を、分流して直近コースで海へ導く直線水路。これが完成により、豊川下流域の治水状況は格段に改良された。南へ大きく迂回蛇行する豊川と、北をまっすぐに海へ行く放水路とは、河口のところでふたたび合流し、いっしょに渥美湾へ流れ入っている。

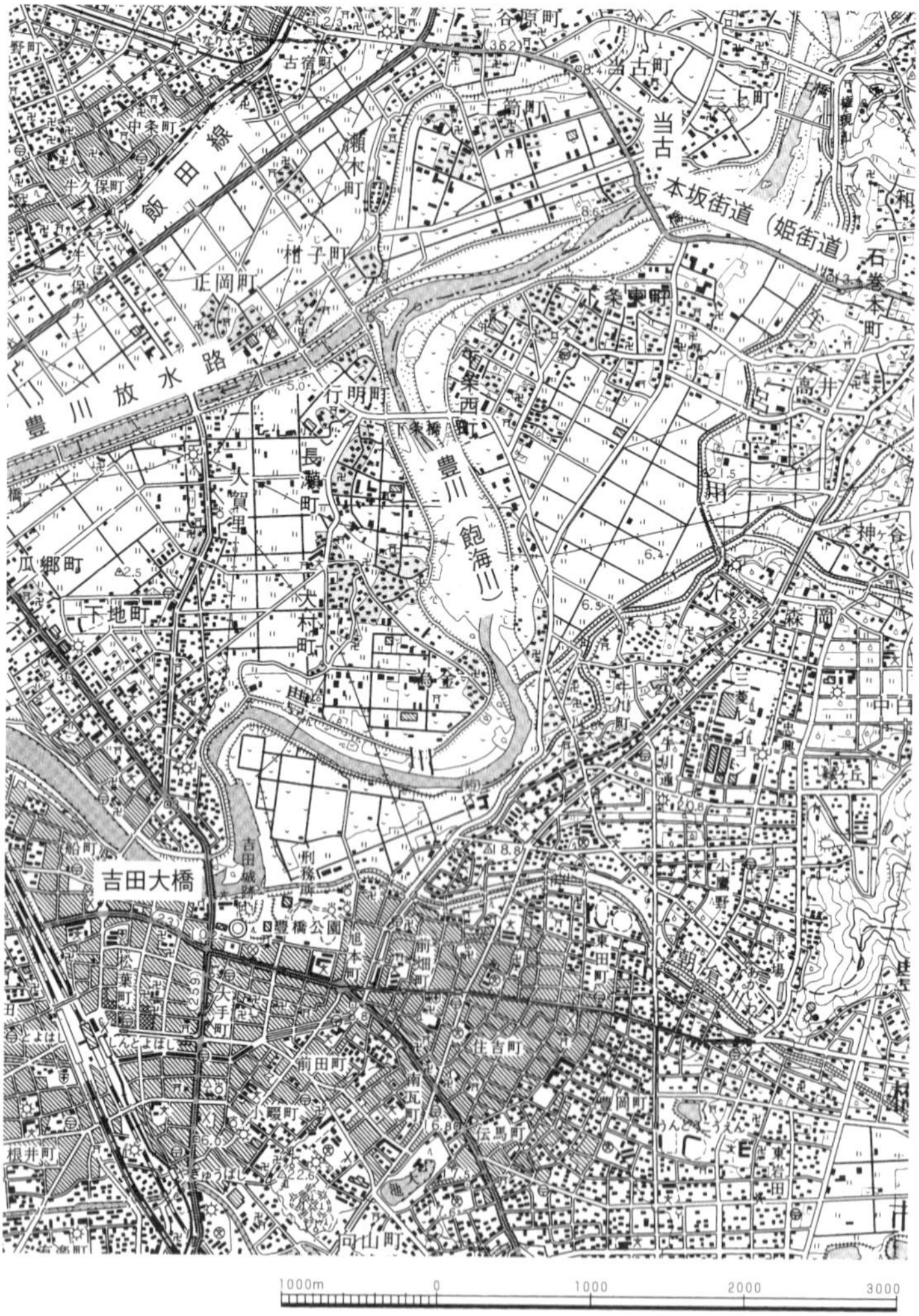
飯田線
豊川放水路
当古
本坂街道（姫街道）
豊川
（飽海川）
吉田大橋
豊橋公園
石巻本町
高井
神ヶ谷
森岡
当古町
三上町
十島町
瓜郷町
下地町
大村町
長瀬町
行明町
上条東町
下条西町
正岡町
柑子町
牛久保町
中条町
古宿町
住吉町
前田町
伝馬町
向山町
根井町
東田町
大手町
1000m
0
1000
2000
3000

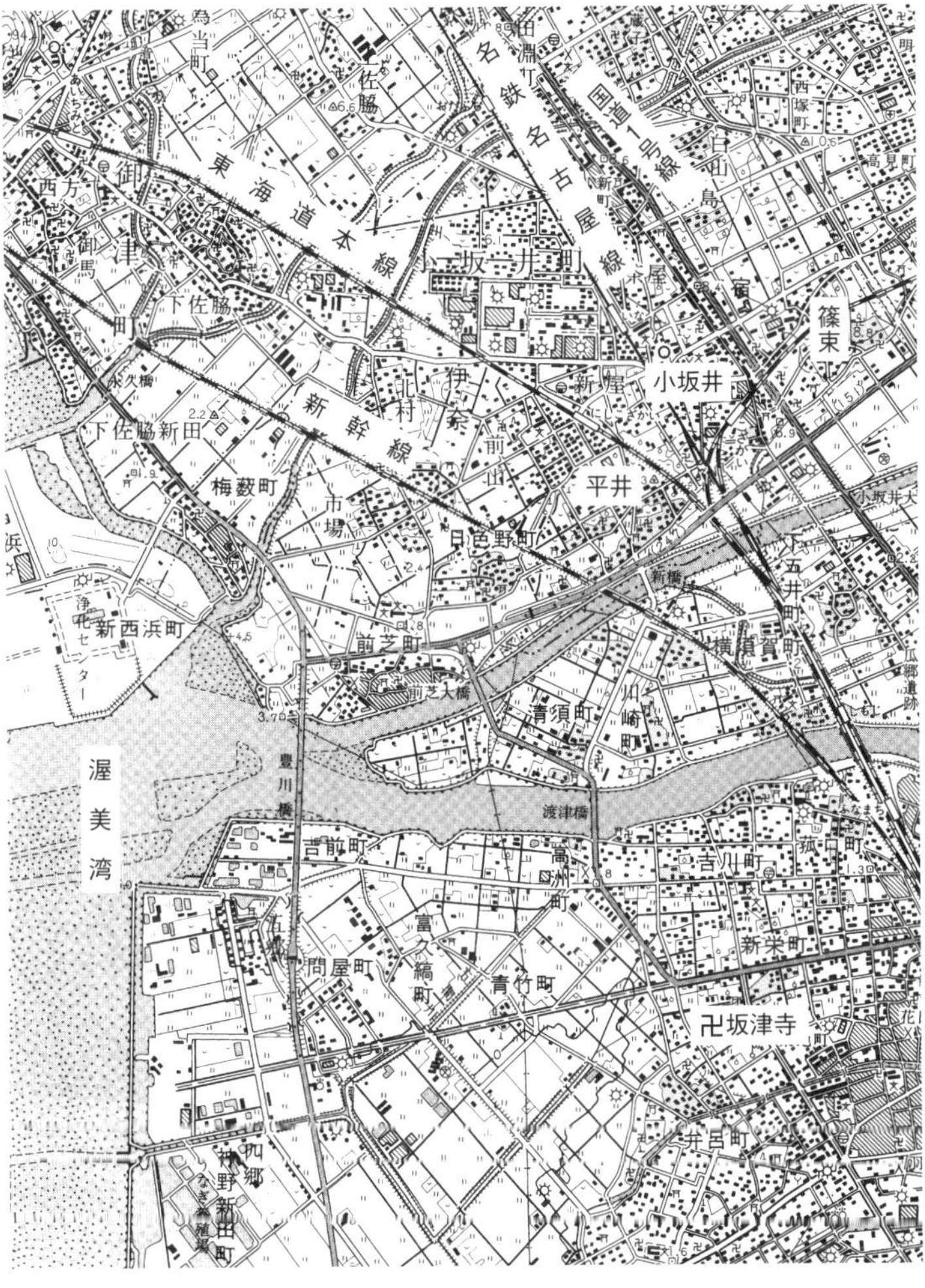

しかすがの渡り　(1/5 万地形図「豊橋」を縮小して使用)

変化をくり返したのは、豊川の流路ばかりではない。渥美湾は遠浅の入江であるため、豊川河口近辺の沿岸では、近世期以来埋め立てや干拓がくり返されてきた。近代に入ると開発の規模も大きくなり、新田と呼ばれる陸地の造成が進んで、海はかなり後退した。

以上のような事情で、豊川下流部の流路や河口あたりの地形は、千年むかしと今とでは大きく変っているものと思われる。いにしえの「しかすがの渡り」のありかやその実状を、現在の地形の上に具体的に見てとることは、実はなかなか困難なことである。

木下良氏の『事典　古代日本の道と駅』（吉川弘文館）によれば、延喜式に見える三河国駅路上の駅家は、京に近い方から順に言って、鳥捕《ととり》・山綱《やまつな》・渡津《わたつ》の三か所であったという。これらの駅家をつないでいた駅路は、おおまかに言えば近世期の東海道、すなわち現在の国道一号線と重なるルートであり、三河国から遠江国に入ってのちは、浜名湖の南岸を行くものであった。なお、そのころの浜名湖は海とはつながらぬ淡水湖で、その南岸は東西陸つづきであった。

右の書には「しかすがの渡り」についても、

渡津駅は宝飫郡駅家郷または度津（和多無都）郷に比定され、前記した承和二年の官符に見えて渡船を増加した飽海河（現在の豊川）の渡河点に当たる。『源順集』に「ゆきかよふふなせはあれどしかすがのわたりはあともなくてぞありける」と詠んだ「しかすがのわたり」も同所と考えられ、小坂井町小坂井に比定されている。（九六頁）

との記述がある。右引用中に「前記した承和二年の官符」とあるのは、同年六月二十九日付の太政官符のことで、その内容は、飽海・矢作《やはぎ》の両河に、それまで二艘であった渡船を四艘に増やすよう指示したものであった。

右の記述中に言われている「小坂井町」とは、現在愛知県宝飯郡に属し、豊川放水路を境として豊橋市に隣接する町である。いまの豊川は、放水路よりずっと東南側の豊橋市内を大きく曲りながら流れているから、小坂井町にとっては、もうまったくかかわりのないところにある川となっている。おそらく往古の飽海川は、いまの豊川放水路よりさらに北を流れ、現小坂井町の篠束・小坂井・平井あたりの岸を直接洗っていたのであろう。篠束とは、大和物語に出てくる「しのづかのうまや」の故地であり、小坂井・平井のあたりが、そのころ渡津郷と呼ばれていた地域にあたると言われている。

渡津という郷名は、もちろんそこが飽海川の渡河地点であったことから来たものであろう。そこに駅家が置かれたのも、駅路の渡河の便のためであったはずである。現在の小坂井町は完全に陸の中の町で、豊川の流れとはまったく無縁。小坂井のあたりは、ＪＲ東海道線と飯田線が分岐し、名鉄名古屋線もそこを通って西へ向かう地点になっている。そうした小坂井の地に、そのかみの「しかすがの渡り」のさまを思い描くことは必ずしも容易ではないが、ただ、現在の飯田線が通ってゆくあたりに残るかすかな段丘地形によって、いにしえの飽海川のおおよその流路を想像することはできるかもしれない。

先に触れた承和二年（八三五）の太政官符には、

右河等崖岸広遠不得造橋、仍増件船。

との文言があり、この記述から、渡津郷のあたりの飽海川は川幅が広く、橋が架けられないほど両岸が遠かったことがわかる。それに当時の地形ならば現在よりもっと海が近く、河口までの距離はいくらもなかったのではないかと思われる。とすれば潮の干満の影響などなかったかどうか、気になるところである。

いまひとつ、気になることがある。それは、『愛知県の地名』（日本歴史地名大系　平凡社）の豊橋市「坂津寺」の項に、次のような記述があることである。

坂津寺《さかつうじ》　㊀豊橋市牟呂町

牟呂《むろ》の西北の突端丘阜上にある。新田開拓前は東・西・北の三方が海に面し、当寺の裏は鹿菅《しかすが》渡の湊であったと伝え、岸壁の名残と思われる積石の跡が近世までみられたという。

坂津寺のありかは、現在の豊川の流路よりはさらに南であり、北の小坂井町小坂井あたりからは直線距離にしても四キロは離れた地点である。右に言う「鹿菅渡」が、いつの時代の「しかすがの渡り」のことを言っているのかわからないが、少なくとも近世期にはその渡りはなくなっていたのだから、これはそれ以前の話でなければならない。牟呂の丘の上に現存するその寺の裏が湊であったとすれば、それは当然、渡りの南岸の湊ということになる。となれば、北岸の小坂井の湊を出た渡船は、川を下っていったん海に出、そこから沿岸を漕ぎ渡って坂津寺裏の湊まで人を渡していた――このコースは逆になることもあり得るが――、ということになるのであろうか。とすれば、ただ川の幅だけを渡すのとは違って、かなりの距離を漕ぎ渡らなければならなかった、ということになる。

「しかすがの渡り」がほんとうに海を通って対岸へ行く渡りであったかどうか。たしかな資料の見出せないところでは、それについてはなにも言うことができない。しかしいにしえの渥美湾にはかなり湾入していた箇所もあったようだから、飽海川河口の地形のあり方次第では、海に出て湾入部を横切るという渡り方も、あり得たかもしれない。これとは若干条件の異なる例ではあるが、更級日記には、田子の浦の波が高くて海岸を歩いて通れなかったらしく、「舟にて漕ぎめぐる」と書かれているところがある。また都が大和にあったころの東海道では、伊勢国から三河国へ舟で渡った時期もあり、渡りが「渡海」であったことは、そのころ必ずしも珍しいことではない。

私は、平成二十二年（二〇一〇）の春、坂津寺のあたりに行ってみた。寺の四辺は人家の多い地区になっていたが、それでもその立地は、たしかにそこだけが高く盛り上がった丘状の地形の上である。寺の裏手は急に落ちこんだような窪地になっていて、土手には深い竹やぶが繁っていた。そのあたりが、『愛知県の地名』の言う「岸壁の名残と思われる積石の跡が近世までみられた」ところであろうか、と思われた。

いずれにしても、現在とは地形が大きく違っていたであろう古代「しかすがの渡り」の実状は、具体的には不明のことが多くて、しかすがに思い悩むばかりである。

付言しておけば、「しかすが」に「鹿菅」の文字を宛てるのは、近代になってからのことである。明治二十三年（一八九〇）から三十九年（一九〇六）まで、現豊川河口の北岸に、宝飯郡内の村として鹿菅村という村が設けられた。しかしそれ以前のその地に、「鹿菅」という地名があったわけではなく、それは古代「しかすがの渡り」に因んで新しくつけられた村名であった。そののち鹿菅村は豊橋市に編入されて現在に到っており、そこに「鹿菅」の村名が残ることもなかった。「しかすが」に「鹿菅」の文字を宛てたのは鹿菅村時代だけのこと。いにしえの「しかすがの渡り」を「鹿菅渡」と表記するのは、正確ではない。中世の定数歌や歌学書などでは、「志香須香渡」あるいは「志香須賀渡」の文字が使われている。

以上、手さぐりに見てきたことから、おぼろげにわかってくることがある。そのかみ「しかすがの渡り」は、やはり渡るに難き渡りであったのだ。河口の幅もかなり広く、水量も多かったようである。海に近いから流れのさまも変りやすかったかもしれない。もし海に出て渡っていたりしたら、なおさらのことである。「しかすが」というその名は、そのように渡りにくい渡りを渡らねばならなかった人々の、怯み、たじろぎ、危ぶみ、怖れるこころに根ざした名であったに相違ない。「しかすがに」。そこを渡る人々にとってその副詞より後のことばは、もう言う必要がなかったのであろう。

いまひとつ、余談をつけ加えておきたい。

古代三河国を東西に通過する道としては、ここまで見てきた駅路のほかに、いまひとつのルートがあった。それは、現在の名鉄名古屋線の御油駅の近くで駅路と別れ、豊川市の豊川稲荷の南方を通り、当古のあたりで豊川（飽海川）を渡り、本坂峠を越えて遠江国に入り、浜名湖北岸を経て天龍川の手前でもとの駅路に合流する道である。このルートは、近世期には本坂街道とか姫街道とか呼ばれて、脇街道のように思われていたようである。現在は、一部区間を除いて、国道三六二号線とされている。

しかしこれは、はるかな古代からあった道であって、万葉集巻三に、

妹もあれもひとつなれかも三河なる二見の道ゆ別れかねつる

三河の二見の道ゆ別れなばわが背もあれもひとりかも行かむ

と詠まれている「二見の道」がこれであったという。また仁明天皇の代、いわゆる承和の変に

より捕らえられて、伊豆へ送られる途中遠江国で客死した橘逸勢が下って行ったのも、この道であったと言われている。

鎌倉時代、海道記の作者もこのルートを下って「豊川の宿」に泊った。その夜のことは、

深夜に立出でて見れば、この川は流ひろく、水深くして、まことに豊かなる渡りなり。

と書かれている。ここに言われている「渡り」とは、豊川（飽海川）をいまの当古のあたりで渡った渡河地点のことで、「当古の渡り」として知られていた渡りである。そこは、「しかすがの渡り」よりも、直線距離にして六キロばかりも上流にあたるところなのだが、それでも、「流ひろく、水深くして、まことに豊かなる渡り」であった、というのである。それより下流で、しかも海に近い「しかすがの渡り」が、どれほど旅人をためらわせる渡りであったか、ここからも推測することはできるであろう。

歌に詠まれた「しかすがの渡り」

「しかすがに」ということばは、万葉集によく使われたことばであったが、そのことばをもって渡りの名とした「しかすがの渡り」が歌に詠まれるようになるのは、平安時代も半ばになってからのことである。

その早い例は、中務集・信明集・兼盛集・能宣集・順集などに見られるのだが、それらは、いずれも申し合わせたように屏風歌や障子絵歌の場で詠まれていて、興味深い。

まず、中務集では、

村上の先帝の御屏風に、国々の所々の名を書かせたまへる

とする十首の中にそれがある。

しかすがの渡り

行けばあり行かねばくるししかすがの渡りに来てぞ思ひわづらふ

詞書に「国々の所々の名を書かせたまへる」とあるように、それは諸国名所づくしの屏風であった。中務の詠んだものは、十首のうち七首が畿内の名所、残る三首は「しかすがの渡り」「浮島」「なこその関」と東国の名所である。「浮島」が伊勢集に、「なこその関」が小町集に見られるのに対して、「しかすがの渡り」の名は、これ以前の歌には見られないようである。おそらくそれは、「浮島」や「なこその関」よりは新しく知られるようになった名所だったのではなかろうか。

右の歌では、「行けばあり行かねばくるし」と「思ひわづらふ」さまが詠まれていて、やはり「しかすがの渡り」は、渡るをためらわれる渡りとしてとらえられていたらしいことがわかる。後代の更級日記の作者がこの渡りのところで、「げに思ひわづらひぬべくをかし」と書い

たとき、その念頭には、中務のこの一首があったのかもしれない。なおこの中務の歌は、のちに定家によって新勅撰集へ撰入されている。

源信明は、若いころに中務と深いつきあいのあった人である。その出自を言えば、光孝天皇を祖とし、醍醐天皇の側近に侍した右大弁公忠の子。父公忠の譲りにより朱雀朝の蔵人となっており、中務とのかかわりはこの蔵人時代のことであった。

この人の家集信明集にも、「しかすがの渡り」の歌がある。しかもそれは、

村上の御時に、国々の名高き所々を御屏風の絵に書かせたまひて

という詞書を持つ十五首の中の一首であって、おそらく、右に見た中務の歌と同じ機会に詠まれた屏風歌であろうと思われる。中務の詠んだ十首と信明の詠んだ十五首とを見比べると、歌題（名所）として共通するのは、「吉野山」「須磨」「佐保山」「しかすがの渡り」「なこその関」であって、他はそれぞれに異なる名所を詠んでいる。このときの屏風は、かなり規模の大きな諸国名所屏風であったようだ。

そこでの信明の歌は、

しかすがの渡り

ゆけどきぬくれどとまらぬ旅人はただしかすがの渡りなりけり

であった。初・二句の「ゆけどきぬくれどとまらぬ」は「行けど来《き》ぬ来《く》れどとまらぬ」であっ

て、「行っても来る、来てもとどまらぬ」という意味であろう。すなわち往き来してとどまることのない旅人のありさまを、「しかすが」の名に寄せて詠んだもののようである。しかし、やはり「ゆけどきぬくれどとまらぬ」のことばづかいがぎこちなくて、中務の歌と並べるとき見劣りがするのは是非もない。

平兼盛の兼盛集にも、「しかすがの渡り」を詠んだ屏風歌がある。「大入道殿御賀の御屏風の歌」とする一連十二首の中に、

しかすがの渡り

わぎもこが家路ふみわけしかすがの渡りがたくも思ほゆるかな

と詠まれているのがそれである。初・二句をやや万葉ぶりに詠み出し、「しかすがの渡りがたくも」のところで「しかすがの渡り」に「渡りがたく」を懸けてみせ、恋の風情としたところが屏風歌としての趣向であったろう。

右に言われている「大入道殿」とは、「東三条殿」とも呼ばれた摂政太政大臣兼家のこと。この「御賀」がいつのことであったかはわからないが、屏風は名所づくし屏風であったらしく、兼盛のこのときの十二首は、いずれもみな諸国名所を詠んでいる。

なお、大中臣能宣の能宣集にも、これと同時のものと見られる「東三条大関白殿の賀の四尺屏風」のための名所歌二十三首があり、その中に「しかすがの渡り」とする二首が含まれてい

るのだが、その二首のうちのひとつは、一部ことばの異同はあるものの、右に掲出した兼盛歌と同一詠である。おそらく同じ時の屏風歌であったために、兼盛の歌があやまって能宣集へ混入しているのであろう。

その能宣集には、いま述べた二首のほかにさらに二首、「しかすがの渡り」の歌があり、その二首もやはり屏風歌と障子絵歌である。ここには、小野宮家屏風のために詠まれたという一首をあげよう。

冬、しかすがの渡りに雪降る、旅人舟に乗りて渡りすると
ころ

行きやらず帰りやせましししかすがの渡りに来てぞ思ひたゆたふ

冬景。それも雪降る中の渡りの情景だという。この屏風には、見る眼にいたく訴える景が描かれていたようである。さなきだに渡りがたき渡り、まして雪降る中なれば行きもやられず、引き返そうかどうしようかと思いたゆたうのだと、歌は画中人物になったつもりでそのこころを詠んでいる。「しかすが」の名を印象づけようとした詠みぶり。これもまた屏風歌の詠みこなし方のひとつであった。

源順の家集順集の「しかすがの渡り」は、円融朝も末の永観元年（九八三）、一条藤大納言家の寝殿の、諸国名所を描いた障子のために詠まれた九首の中にある。ただしここに言う障子と

は、現在「障子」と呼ばれている建具とは別のもので、木枠の中に張られていたのは紙ではなくて絹布、形としてはいまの襖に近いものであった。その歌は、

しかすがの渡り

行き通ふふなせはあれどしかすがの渡りはあともなくぞありける

と詠まれている。歌意は、舟の行き通う瀬はあるのに、人を渡した舟の航跡はあとかたもない、というようなことか。「しかすがの渡り」の渡りがたさに人の世の無常をば詠み添えて、障子絵歌としての趣向を立てたもののようである。なおこの歌は、後代の夫木和歌抄にも収められたが、そこでは、

行き通ふ舟路はあれどしかすがの渡りはこともなくこそありけれ

と、ことばにすこし異同が見られる。

以上見てきた中務・信明・兼盛・能宣・順らは、いずれも十世紀後半に活動期を持つ人々である。かれらが詠んだこれら「しかすがの渡り」の歌は、すべてについて詠作年代が判明しているわけではないが、おおまかに言えばほぼ同時期のものと言ってよいだろう。事実右に見たように中務と信明、兼盛と能宣は、どちらも同じ機会に屏風歌を詠んでいる。これらに共通するのは、どれもがみな、屏風や障子など室内屏障具を装飾する歌として詠まれている、ということである。しかもそれらの屏障具は、みな諸国名所を描いたものであって、しかすがの渡

り」はそうした諸国名所のひとつとしてそこに描かれていた。それに伴いこれらの歌も、「しかすがの渡り」を諸国名所のひとつとして詠んでいるのである。

これら以前に、「しかすがの渡り」が屏風や障子に描かれたり、屏風歌や障子絵歌として詠まれたりしていた例は見出せない。伊勢や躬恒の屏風歌にも、またあれほどの量で詠まれた貫之の屏風歌にも、「しかすがの渡り」は詠まれていない。屏風歌以外のところにも、その時期以前に詠まれた「しかすがの渡り」の歌は見当らない。それが十世紀後半のここに来て、まるで申し合わせたように諸処の屏風等に描かれ、屏風歌に詠まれはじめる。どうやら「しかすがの渡り」は、その時期になってにわかに、貴族たちの日常生活の場に入りこんできた諸国名所のひとつであったように思われる。

歌に詠まれる地名としてみるとき、この登場のあり方はやや異色であると言うべきかもしれない。すなわち「しかすがの渡り」は、その当初から、諸国名所のひとつとして歌の世界に登場してきたもののようである。多くの場合歌に詠まれる地名は、くり返し詠まれることによって人に知られ、その上で歌枕として地位を得てゆくものである。しかし「しかすがの渡り」は、はじめから歌に詠まれるべき歌枕として登場したようだ。それが同時期に諸処の屏風等に描かれるようになったについては、なにか特別な契機があったのかもしれないが、それにしても、はじめから歌枕であったというこの出現のあり方は、やはり他に類例を見出しにくい、例外的な出現ぶりと言わざるを得ない。

理由はもちろん、「しかすが」という名の、その特異さにあったのであろう。地名としての独自さ、珍しさ、そしておもしろさ。たしかに「しかすがの渡り」とは、それを渡った者にとっても、いまだ渡らぬ者にとっても、いやむしろ渡らぬ者にとってこそ、いまだ渡らぬがゆえにこころそそられてならぬ名であったにちがいない。

多くの歌枕には、それを歌枕たらしめている固有の景物があるものである。たとえば吉野における「雪」、佐保川における「千鳥」、宮城野における「萩」のように。しかし歌枕「しかすがの渡り」には、そうしたたぐいの景物はなにもない。「しかすがの渡り」において、それを諸国名所のひとつであらしめ、かつ歌枕であらしめているものは、ただ「しかすが」というその名の、強い吸引力だけである。

かくして「しかすがの渡り」は、そのユニークな名によって、当初から諸国名所のひとつとして——つまり歌枕として——歌の世界に登場した。ここまでに掲出した中務・信明・兼盛・能宣・順らの歌を見ていると、その登場初期には、ことによると一種ブームのような様相もあったのではないかと、そんな気さえしてしまう。

しかしながら「しかすがの渡り」は、いつまでもただ屏風歌等の場で歌枕としてだけ詠まれていたわけではない。これらとやや重なり、さらにこれらにつづく時期には、旅して実際にその渡りを渡った人の現地詠や、その渡りを身近にかかわりのあるものとして詠んだ人の歌などが、見られるようになる。

増喜法師は、生歿年不詳ながら、およそ円融朝から一条朝のころに活動期のある人のようである。家集を増喜法師集と言い、長文の詞書を持つ歌が多く、歌語り的傾向のある集で、別名「いほぬし」とも呼ばれている。はじめの三十首は熊野紀行の記、あいだに四十余首の身辺雑詠をはさんで、後の五十首が遠江への旅の記、「遠江日記」とも言われる部分である。「しかすがの渡り」は、その「遠江日記」の中に次のように出てくる。

しかすがの渡りにて、渡し守のいみじう濡れたるに

旅人のとしも見えねどしかすがにみなれて見ゆる渡し守かな

一瞬、眼が止まるのは、「渡し守のいみじう濡れたるに」とある詞書のことばだ。舟を漕ぐ渡し守が「いみじう濡れ」ているというのである。このことばのリアルさ。ここにあるのは、流れる川面にあがる波しぶきを、ふなべりの高さで見ている作者の視線である。流れの勢い、川面の近さ、舟の小ささ、舟底にかたまっている旅人たち。そして身を反らして舟を操る渡し守のびしょ濡れの姿。それらの状況がありありと立ち上ってくることばだ。このとき作者にとっては、「いみじう濡れたる」舟びとのその姿こそが、まさしく「しかすがの渡り」そのもので

あったのであろう。

歌の初・二句には、若干意味のとりにくさがあるが、いまは、「としも」の「し」は強意の助詞と見て、「旅人のものとも見えないが」ということか、と受取っておこう。しかしそれよりもこの歌が言いたいのは、「しかすがにみなれて見ゆる渡し守かな」であろう。「みなれて」は「身馴れて」と「水馴れて」の懸詞か。旅人としての自分にはそのような経験はないが、さすがに「しかすが」の渡し守、いみじく濡れたその姿は、いかにもその身になじんだものとして見えるよ、と詠んだもののようである。

渡し場の渡し守がつねに「いみじう濡れ」ているものであるかどうか、私は知らない。しかし渡し場によっては、またそのときの天候や水の状態によっては、渡し守のみならず渡される者たちまでもが濡れずにはすまないところがあったにちがいない。このときの増喜法師は、「渡し守のいみじう濡れたる」姿をまのあたり見たことによって、「しかすがの渡り」がその名のとおり困難な渡りであったことを実感したであろう。さらに言えば、人の世もまたしかすがに渡りがたきところであると、思い沁みていたか。そこまで深読みしたくなるほどの起爆力を、この詞書は持っている。

赤染衛門にも、この渡りを詠んだ歌がある。ただし、赤染衛門集よりも詞書が整理されているから、ここには拾遺集から引用しよう。

大江為基あづまへまかりくだりけるに、扇をつかはすとて

赤染衛門

惜しむともなきものゆゑにしかすがの渡りと聞けばただならぬかな

この一首の周辺事情は、ほんとうは赤染衛門集の方が詳しく、そこにはこの歌以下五首、両者間のやりとりが残されている。それで見ると、赤染衛門と為基のあいだにはもと恋の関係があったが、この時期赤染衛門は大江匡衡の妻であり、為基にはまた別に通うところがあったようである。それでも両者の仲は、完全に終っていたということでもなかったらしい。為基が三河守となって任地へ下ると知った赤染衛門は、扇を調じて贈り物とし、右の歌を添えた。歌はこう言っている。

三河へお下りになるとか。いまは別れを惜しむべき立場でもありませんが、さすがに、あの「しかすがの渡り」をお渡りになると聞けば、静かな気持ではいられません。

と。かつてかりそめならぬつきあいのあった男が都を離れると知って、こう言いやらずにはいられぬ気持が、女にはまだあったのである。

このとき赤染衛門は、たれから、ということを言わずにそれを為基へ届けさせた。為基の方では、扇を調じた絵師から聞き出して贈り主をつきとめ、

惜しまぬにただにもあらぬこころして別れをわぶる人を知らなむ

と返してきた。

　　あなたは別れなど惜しくもないようだが、こちらは平静でいられないほど別れがつらい。

　　そんなわたしであることを知ってほしい。

というのである。

　歌でのやりとりには、歌であるがゆえのものの言いようというものがある。もとの恋人たちには、もとの恋人たちであるがゆえのことばのかたちがある。右の往復には、少なからず修飾された言葉づかいが見られるが、そこからはかえって、当人同士のみに通じ合うことばの回路のあるらしいことが感じられる。このあと赤染衛門は、為基に別の女性のあることを気にしたような歌を送ったり、為基は為基で、下向する前に逢いたいと言ってきたりしている。二人が逢うことはなかったようだが、このあたり、もと恋人であった者たちのこころのありようは、しかすがにたやすからざるものがある。

　同じころの人源兼澄にも、「しかすがの渡り」の歌がある。兼澄は光孝源氏の人で、源公忠の孫。先に見た源信明の甥にあたるが、本人は五位の官人であった。歌をよくし、大中臣能宣や大江為基らと親しかった。

　兼澄集でその歌を見よう。詞書によれば、兼澄はそのとき能宣と共に伊勢国にいた。ちょうど為基が三河守として現地赴任していたころで、その為基から、歌ぐらい詠んでよこせ、と言ってきた。そこで詠み送ったのがこの歌である。

たづねこし方こそなけれしかすがの渡りはるけき海をへだてて

意訳すれば、

ぼくらがたずねて来たのは、三河ではなかったんだよなあ。ここと「しかすがの渡り」とは、海をへだててはるかだ。

というようなことになろうか。伊勢と三河とのあいだには、伊勢湾という大きな入り海がある。向かい合っているようだが海の隔てははるかだよ、そうたやすくは歌も届けられないと、ここにあるのは隔意のない者同士のうち解けたやりとりである。

そして見ておきたいのは、先の赤染衛門の歌でもこの兼澄の歌でも、「しかすがの渡り」という名は、それだけでもって三河国を意味するものとして言われている、という点である。この時期、三河国の名どころとしてその渡りが、すでに充分に世上周知のものとなっていたことが、そこから窺い知られる。なお言い添えておけば、兼澄集にはいま一首、「しかすがの渡りの夏」を詠んだ障子絵歌が見られる。

能因法師もよく旅をした人で、三河国へも下り、「しかすがの渡り」も渡っている。能因法師集に次のような歌がある。

しかすがの渡りにやどりて

思ふ人ありとなければふるさとはしかすがにこそ恋しかりけれ

これは渡河に際しての詠ではなく、渡るためにそこの津に宿った夜の述懐歌である。思う人をあとに残してきたわけでもないのにもとのふるさとが恋しいと、渡りを前にしての都恋しさ。ここで行きやられぬ思いが詠まれたのは、言うまでもなくそこが「しかすが」という名の渡りだからなのだ。いつものことながら「しかすが」の語は、人のこころを、なにかその人ゆえのもの思いへとひきこまずにはおかない。この一首は後拾遺集へとられて羈旅部に収められているのだが、そう言えばかの業平の東下りの一段、「わが思ふ人はありやなしや」のおもかげも立ち添い、旅の歌というだけでなく、恋の風情まで揺曳するかのごとくである。

見てきたとおり、増喜と能因は、自身が実際に「しかすがの渡り」を渡った。その地の土を直接に踏んで歌を詠んでいる。赤染衛門と兼澄は、当人が現地に行っているわけではないが、その地と深くかかわる人物とのつきあいの場で「しかすがの渡り」を詠んだ。それは本人自身の現地経験ではないが、それでもそこにあるのは一種直接的な現地認識である。少なくともそれは、屏風絵の名所として描かれた景によって歌を詠むような、間接的な接し方ではない。その渡りを、現地に存する現実の地として感じながらの詠である。その意味で赤染衛門にとっても兼澄にとっても、「しかすがの渡り」は、やはり「現地」であったと言ってよいだろう。

題詠時代の「しかすがの渡り」

それがいつのことだったか、はっきりと年代をあげて言うことができないのだが、中世になってからそのルートでは、飽海川に橋が架けられ、渡りは廃されたようである。橋の架けられた場所は渡りと同じところであったか、それより幾分上流であったか、それもたしかにはわからない。ただいにしえの「しかすがの渡り」が、承和二年の太政官符で「崖岸広遠不得造橋」と言われたほど対岸の遠いところであったことを思えば、おそらく橋は、渡りの地点よりも上流に架けられたのではなかったろうか。

なお、現在国道一号線が豊川を渡っている吉田大橋は、昭和になってから架けられたもの。それ以前の旧東海道が豊川を渡っていた場所は、それより五〇〇メートルばかり下流にあって、いまは「豊橋」と呼ばれる橋が架かっている。ここの橋の始まりは、家康の江戸開府より早い元亀年間に、当時吉田城主であった酒井忠次の架けた土橋にまでさかのぼれるようだが、慶長六年（一六〇一）家康による東海道整備が行われた際、東海道五大官橋のひとつとして、「吉田大橋」が架けられた。この「吉田大橋」には、その後明治初期に到るまで、架け替えや修理をくり返しながら使われつづけてきた長い歴史がある。しかし、その近世期の「吉田大橋」のあった場所と、「しかすがの渡り」が廃されたあとの中世の橋のありかとが同一場所であったかどうかは、やはり言うことができない。

現在の「豊橋」のありかと、いにしえ「しかすがの渡り」の渡河地点であったという小坂井とは、三キロばかりも離れており、中世以降豊川の流路が変ったり、近代になって豊川放水路が作られたりしているため、現在の両地点は、同一の川の上流下流、という関係にもない。「しかすがの渡り」が廃された時期、およびそのときこのルート上に架けられた橋のありかについて、たしかな根拠をあげて言うことができないのが、まことに残念である。

そして「しかすがの渡り」が廃されるよりもずっと以前に、和歌は題詠の時代に入っていた。現地にその渡りがなくなれば、増喜や能因のような現地詠はあり得なくなるわけだが、題詠の場でなら、それは名所詠として詠まれつづける。そして題詠の題となったとき、「しかすがの渡り」はほんとうに歌枕となった、と言えるかもしれない。

ただし題詠時代に入ってからの題詠の場で、「しかすがの渡り」がどれほど詠まれたかということになると、やや心もないところがある。

新編国歌大観で見れば、わずかに十一世紀中ごろの受領歌人藤原範永の家集に、次のような一首が見出される。

しかすが
ふるさとは恋しくなれどしかすがの渡りと聞けば行きもやられず

第二句「恋しくなれど」の逆接と結句の「行きもやられず」の対応に整合しないものを感じるが、なにか錯誤があるのかもしれない。範永集では「だい三」として、「合坂関霧立有行客」の歌と、この「しかすが」の歌と、「をばすて山の月」の歌の三首が並んでいて、このときの範永は、逢坂・しかすが・姨捨と名所三題を詠んだもののようである。三首とも格別の趣向や修辞に凝るところもなく、平明に詠まれている。詠まれた時や場もわからない題詠歌だが、なにか私的な歌会の折のもので、でもあったろうか。

なお、後代の夫木和歌抄を見れば、巻二十六雑部八の「しかすがの渡り」の題の下には、十一世紀ごろに催された「祐子内親王家草闘歌合」からの「読人不知」の二首があるほか、出典不明の「読人不知」歌二首なども並んでいる。院政期にさしかかるその時期、記録に残らぬような小規模な歌合などの場で、「しかすがの渡り」が題とされることも、あったもののようである。

院政期題詠の場で「しかすがの渡り」の詠まれたものとしては、崇徳院の主催で久安六年（一一五〇）に成立した久安百首の中に、待賢門院堀河による覊旅題下の一首がある。

しのぶべき都ならねどしかすがの渡りもやらずあはれなるかな

渡りを前にして、ふるさとへの思いゆえ渡りもやられぬ、というのは、すでに能因（一九一頁）や範永（一九四頁）の歌に見られた発想である。旅題における「しかすがの渡り」としては、詠まれやすい類型であったろう。

中世題詠の場で、「しかすがの渡り」を歌題として据えた催しと言えば、なによりも建保名所百首を言わなければならない。それは、順徳院在位時の建保三年（一二一五）、院の命によって詠まれた組題百首で、内裏名所百首とも呼ばれている。

そこでは、百首歌の数に合わせて諸国百か所の名所が歌題とされ、春には「音羽河」以下の二十題、夏には「大井河」以下の十題、秋には「泊瀬山」以下の二十題、冬には「清瀧河」以下の十題、恋には「伏見里」以下の二十題、雑には「芳野河」以下の二十題が配された。作者は順徳院自身をはじめとして定家・家隆ら十二名。各人が以上のような百題の歌を詠んだから、総歌数は千二百首である。このような、組題百首を多くの歌人たちに同時詠させるという方式は、そのころ内裏や仙洞や摂政家などで行われていたものだが、この建保三年順徳院主催のものは、特に諸国名所だけを歌題としているという点で、前例なきものであった。すなわち諸国名所づくしの百首歌。諸国名所百か所と言えば、当時歌に詠まれていた名どころのほとんどを網羅したものであり、これは、以後の諸国名所の詠み方の拠りどころとなった、とまで言われている催しである。

この建保名所百首において、「しかすがの渡り」は、恋二十題の中のひとつとされている。「しかすが」の語感は、春夏秋冬どの季よりも、やはり恋にもっともよくなじむもの、と思われたようである。このとき「しかすがの渡り」は、確実に諸国歌枕のひとつ、それも、恋の歌枕であった。

この名所百首における順徳院の「しかすがの渡り」の歌は、次のように詠まれている。

かくしつつ暮れぬる秋はしかすがの渡りも浅き契りとぞ思ふ

暮るる秋に浅き契りを歎く恋。まず「かくしつつ」となにか事情のありげな設定で詠み出し、「暮れぬる秋はしかすがの」と、わけても暮秋のさすがな寂しさを言い、またどこか行き悩む恋の表情もすこし見せて、もちろん「しかすがの渡り」は歌題ゆえかならず言わねばならぬ一語なのだが、その「渡り」の縁によって「浅き」を導き出している。「暮れぬる秋はしかすがの渡りも浅き契り」と、このことばのつらね方には、微妙な飛躍というか振動というか、あやうく連想の糸がつながってゆくような感覚があって、しかもそこで生まれ出てくるかすかなことばの抵抗感が、読む者のこころに「しかすがな恋」のイメージを強く呼び起こす。中世題詠歌の詠みようのひとつの典型が、ここにはある。

またこの名所百首の中で、俊成卿女の歌は、こうである。

見し人のかげばかりこそしかすがの渡り絶えにしむかしなりける

絶えたるのちに、恋のむかしを見つめているこころ。ここでも、まず「見し人のかげばかり」を追うしかすがな恋のかたちが設定され、その「しかすが」の懸詞で歌題「しかすがの渡り」を言い、さらに「渡り」の縁で「絶えにしむかし」へと導いてゆく。ことばの駆使のあり方。ここでもひるがえるようにつらねられてゆくことばの、イメージ喚起力はまことに大きい。

先の順徳院の歌と言い、この俊成卿女の歌と言い、ただ一首の歌でありながら、あたかも一篇の恋物語を読むかと思うほどの、恋の曲折を想像させるところがある。これらの歌は「しかすがの渡り」を歌題として詠んでいるのだから、それが一首の中でキイワードとしてはたらくのは当然であるが、それにしても、「しかすが」の一語は、たしかに題詠恋歌の場ではこよなく有効に機能することばである。

しかしまた、同じ建保名所百首の中にはこんな一首も見受けられる。

秋風に鳴く音をたつるしかすがの渡りし波におとる袖かは

作者は定家。「秋風に鳴く音をたつる鹿」に「しかすがの渡り」を懸けた奇抜なレトリックである。先に家隆の壬二集で、

あしひきの山のかげ野に伏す鹿のしかすがにやはしのびはつべき

という歌（一六五頁）を読んだ。それは、「鹿のしかすがにやは」と同音をくり返すことによって、上三句を序詞とする技巧であった。その同音くり返し序には、同じ音がくり返されること

によることばの上での余裕があったのだが、この「鳴く音をたつるしかすがの渡り」は懸詞だから——つまり「しか」の音ひとつで「鹿」と「しかすが」を同時に言っているものだから——、ことばの流れに余裕がなくなって、懸け方の作為性だけが目立つ結果になってしまう。和歌を詠むについて修辞は不可欠の技術ではあるけれども、またこの時代は修辞の比重が非常に大きくなっていた時代ではあったけれども、こうしたレベルの懸詞は、ただ修辞のための修辞だけに終ってしまって、一首の世界になにものをもたらすものではない。「しかすが」のようなユニークなことばには、そのユニークさゆえに、このようにただ操作されるだけで終る、という危険もあった、ということである。

「しかすがの渡り」の詠まれた中世百首歌としては、いまひとつ、宝治百首をあげなければならない。宝治百首は、続後撰集の選歌資料とするために、後嵯峨院が宝治二年（一二四八）に四十名の歌人たちに詠進させた組題百首である。院自身も参加している。

そこでは「しかすがの渡り」そのものが歌題とされているわけではないが、「渡月」という題の下で、四人の歌人が「しかすがの渡り」に照る月を詠んでいる。「渡月」題の下でもっとも多く詠まれているのは「淀の渡り」なのだが、「しかすがの渡り」もその「しかすが」の名ゆえ、題詠の場では詠歌の手がかりになりやすいところがあり、四首も詠まれたのであったろう。ここにはその中から、俊成卿女の歌をあげよう。

しかすがの渡りなれにし月かげもなほ澄みまさる秋の夜の空

「しかすがの渡り」にしては静かな月の夜景だ。澄みまさる月光が渡りの景を鎮めている、と言いたいような情景。これも「しかすがの渡り」のひとつの表情ではないかと思うのだが、この一首、続後撰集にはとられていない。

なおこの宝治百首「渡月」題のうちにも、

月夜にはわれとのみ鳴くしかすがの渡りは波のこゑも澄みけり

という藤原忠定の一首がある。「鳴く鹿」に「しかすがの渡り」を懸けたテクニック。先には建保名所百首で定家（一九七頁）の例があったのだが、このころ「鹿」と「しかすが」の懸詞は、ことによると慣用化していた面があったのかもしれない。

中世に編まれた私撰和歌集で、「しかすがの渡り」を名所歌枕としてあげているのは、歌枕名寄と夫木和歌抄である。

歌枕名寄は、現在では江戸時代万治二年（一六五九）の刊本が行われており、新編国歌大観もそれを底本としているが、その原初の形は鎌倉時代に成ったと見られている。諸国歌枕を五畿内七道の国別に整理、国のわからぬものは未勘国として、それぞれに例歌をあげる。新編国歌大観における総歌数は九千七百余首。文字どおり諸国歌枕を名寄せした書である。その歌枕名寄で、「しかすがの渡り」は巻十九「参河国」の項にあげられ、七首の例歌が示されている。

七首の例歌の中には、先に見てきた中務の歌（一七九頁）、赤染衛門の歌（一八八頁）、能因法師の歌（一九一頁）、が勅撰集からの所載として掲げられ、ほかに定家の歌（一九七頁）など建保名所百首からの歌が並んでいる。

夫木和歌抄の成立は十四世紀はじめごろとされる。歌枕名寄が歌枕を国別に整理して名寄せしていたのに対して、夫木和歌抄は歌題によって歌を類聚する方式をとっている。その規模は全三十六巻、五百九十六の歌題を立ててそれぞれに例歌をあげる。新編国歌大観における所載歌総数は一万七千余首。歌枕名寄をはるかに凌ぐ規模の類題和歌集である。この夫木和歌抄の中で「しかすがの渡り」は、巻二十六雑部八のところに、「渡」題の最初の項目として、

しかすがの渡り　志賀須香　参川

と掲示され、源順の障子絵歌（一八三頁）以下八首の例歌があげられている。

現存する歌学書・歌論書のうちで、もっとも早く「しかすがの渡り」を歌枕としてあげるのは、能因歌枕である。ただし、能因歌枕が「国々の所々名」の項に三河国の名どころとして掲示するのは、なぜか「しかすがの杜《もり》」である。ここまで見てきたとおり、中古以来歌に詠まれてきたのはつねに「しかすがの渡り」であって、「しかすがの杜」ではない。和歌史上「しかすがの杜」というものを詠んだ歌はなく、三河国のどこかにそんな名の杜があったとは考えにくい。能因歌枕が「しかすが」を「杜」としているのは、おそらくなにかの錯誤であろう。

また清輔の和歌初学抄も、「所名」の「渡」の項に、

参河　しかすがの渡　サスガナルコトニ

としてその名をあげている。

五代集歌枕は、「渡」の項に、

しかすがの渡　参河国

をあげ、拾遺集の赤染衛門の歌（一八八頁）と後拾遺集の能因法師の歌（一九一頁）を例歌としてあげている。言うまでもなく五代集歌枕は、万葉集と、古今集以下四代の勅撰集とを資料源とする書であるから、そこにあげられるのがこの二首になるのは当然のことである。

このほか順徳院の八雲御抄にも、巻五名所部「渡」のところに、

三河　しかすがの渡　（拾・赤染）

とその名があげられている。

歌枕名寄や夫木和歌抄に、歌枕として「しかすがの渡り」の名があげられたころ、あるいは五代集歌枕や八雲御抄などに歌枕として登載されたころ、三河の現地にその渡りが存続していたかどうか、やはりそれは言うことができない。

和歌の世界において「しかすがの渡り」は、当初から屛風絵や障子絵に描かれた名所として

登場した。すなわちそれは、はじめから歌題として立てられた歌枕であった。早い時期には現地詠も詠まれてはいるが、やがて題詠の時代に入り、歌合や定数歌の場で、やはり諸国歌枕のひとつとして詠まれる。通観すれば「しかすがの渡り」は、題詠の場で詠まれることの方がはるかに多い歌枕であった。

また「しかすがの渡り」の所在は、つねに分明であった。三河国飽海川の河口近く、古代律令時代の駅路上にあった渡河地点が、そのまま渡りとして存続し中世に到ったのだと、その歴史についての消息もはっきりしている。細部ではおぼろげになる部分もありがちなローカルな歌枕のなかで、「しかすがの渡り」は終始素性分明の歌枕であった。ただしその渡りの実状は、現地の地理上の変容があまりにもはなはだしいため、現在からは見えなくなっている部分が非常に大きい。

歌枕「しかすがの渡り」を歌枕としてあらしめている所以は、ひとえに「しかすが」というその名にある。しかすがに渡り難き渡り。それが題詠時代に形成されていったその渡りのイメージであった。都を遠く離れて東国にあった渡りだから、それが旅題のものとされたのは自然なことであったが、その場合しばしば詠まれるのは、去って来た都を思って渡りかねるこころであった。また建保名所百首がこれを恋題のものとしているのも、「しかすが」の名に行きなやむ恋の相を見て取ったからであろう。そこでは、思い渡って年月を経る恋や、さすがに忘れかねる恋など、多く不如意な恋が詠まれている。旅の歌枕。そして恋の歌枕。「しかすがの渡り」は、いわば行きなやむ人事の歌枕である。

そこに渡りがなくなってのちも、「しかすがの渡り」は歌に詠まれた。それが歌に詠まれなくなったいまも、「しかすがの渡り」の名は人のこころをとらえる。人にとって「しかすが」の景は、おそらく消滅するときがない。人はたれも、しかすがの世を生きるからである。

初出一覧

逢坂	二〇〇七年五月号～九月号「長流」
逢坂を歩いて	二〇〇七年十月号～十二月号「長流」
みかの原	二〇〇九年六月号～八月号「長流」
妹背の山	二〇〇九年九月号～二〇一〇年一月号「長流」
ものきく山	二〇〇九年　書きおろし
しかすがの渡り	二〇〇九年　書きおろし

初出の稿には、若干の加筆と修正を加えた。

山下道代（やました みちよ）

昭和6年生　鹿児島県立女子専門学校国文科卒業

著書：『古今集　恋の歌』（昭62　筑摩書房）

『王朝歌人 伊勢』（平2　筑摩書房）

『歌語りの時代―大和物語の人々―』（平5　筑摩書房）

『古今集人物人事考』（平12　風間書房）

『伊勢集の風景』（平15　臨川書店）

『陽成院―乱行の帝―』（平16　新典社）

『みみらくの島』（平20　青簡舍）

共著：『伊勢集全釈』（平8　風間書房）

歌枕新考

二〇一〇年八月三十一日　第一刷発行

著　者　山下　道代

装　丁　佐藤三千彦

発行者　大貫　祥子

発行所　青　簡　舍

〒一〇一-〇〇五一

東京都千代田区神田神保町一-二七

電　話　〇三-五二八三-二二六七

FAX　〇三-五二八二-二二六八

振替　〇〇一七〇-九-四六五四五一

印刷・製本　太平印刷社

 ISBN978-4-903996-30-1　C1092